D0648967

# HENRI TROYAT

# Henri Troyat

de l'Académie française

*Viou*

**Éditions J'ai lu**

*A ma fille.*

on éprouvait une légère impression de flottement, d'oscillation mécanique. Sylvie ne manquait jamais de passer sur le pont pour sentir, sous ses pieds, le vide. Cette fois encore, elle goûta le plaisir d'une petite peur sans conséquence. Sûrement, la plate-forme allait se dérober sous son poids, la précipitant dans une chute verticale au fond d'un trou noir où s'entrecroisaient des barres de fer. Comme rien de tel ne se produisait, elle jeta un regard vers la baie vitrée, derrière laquelle se dressait le cadran blanc de la balance. L'aiguille n'avait pas bougé. « Je ne suis pas encore assez lourde, décida Sylvie. Une vraie plume. Peut-être que je n'existe pas! » Puis, elle imagina toute la famille réunie sur le pont à bascule : grand-père, grand-mère, maman, tante Madeleine, elle-même... Alors, sans doute l'aiguille consentirait à se déplacer. Combien de kilos représenteraient-ils, pris ensemble? Cent? Mille? Elle sourit à l'idée du groupe qu'ils formeraient, serrés coude à coude sous le porche, comme pour une photographie, et se dirigea résolument vers la cour. Là, se trouvait la niche de Toby.

Interdit de séjour dans la maison, Toby était un épagneul breton, velu, soyeux et agile qui, jadis, avait appartenu à papa et qui, maintenant, accompagnait grand-père à la chasse. Sylvie avait une passion dévorante pour ce chien, dont grand-mère critiquait la saleté, l'odeur et les mauvaises manières. Assise à croupetons, elle le prit par le cou et se frotta les joues contre son museau. Il lui répondait par des soubresauts, des jappements et des coups de langue qui la mettaient en joie. Pendant quelques minutes, ils roulèrent ainsi l'un sur l'autre, jouant, luttant, mêlant leurs haleines. Puis, Ernestine rappela Sylvie à l'ordre en lui disant que ses grands-parents l'attendaient.

A regret, elle quitta Toby, repassa sous le porche et entra dans le bureau vitré. Il y régnait un silence sérieux. Contre le mur du fond, entre deux grands classeurs à volets de bois, se dressait, massif, trapu et noir, le coffre-fort. Derrière cette porte de fer à boutons moletés, Sylvie imaginait une montagne d'or et de billets de banque. Toute la fortune des Lesoyeux. A côté, le long d'une étagère, s'alignaient des carreaux de faïence aux couleurs vives, collés sur des présentoirs en carton. On eût dit autant de jouets. Mais il était défendu d'y toucher. Grand-père trônait derrière un monumental bureau à cylindre dont, en fin de journée, on rabattait, avec un crépitement péremptoire, le rideau coulissant formé de petites lattes souples. En face de lui, à une table un peu moins grande, siégeait tante Madeleine, qui venait quatre fois par semaine pour assurer les travaux de secrétariat. Les autres jours, elle venait aussi dans l'après-midi, mais s'installait dans le salon et tenait compagnie à grand-mère. Elles étaient cousines germaines. Aussi vieilles et aussi myopes l'une que l'autre. On disait qu'elles avaient grandi ensemble, fait leurs études ensemble, passé leurs examens ensemble et se seraient mariées le même jour si le fiancé de tante Madeleine n'était mort dans l'intervalle. Tante Madeleine n'avait jamais voulu en épouser un autre et était restée demoiselle « par fidélité ». Sylvie se demandait comment tante Madeleine pouvait faire des additions alors qu'elle devait mettre son nez sur le papier pour lire les chiffres. Elle tapait même à la machine, avec un doigt. Un lorgnon pinçait un brimborion de peau entre ses yeux et tremblait, en lançant des éclairs, quand elle prenait la parole. Sylvie l'embrassa avec effusion et se précipita vers son grand-père. Il l'assit sur ses genoux. Serrée contre lui, elle baigna dans une fine odeur d'eau de lavande et de tabac. Petit, sec, l'œil luisant comme un grain de café, la peau griffée de rides, il avait toujours une cigarette aux doigts. L'intérieur de son index était jaune. Comme à l'accoutumée, il interrogea Sylvie sur ses études. Elle affirma que tout allait bien, sans autre précision. A quoi bon le tourmenter en lui disant qu'elle avait eu un zéro en récitation et un deux en dictée? Reléguée parmi les dernières, elle ne souffrait de cette situation humiliante que dans la mesure où ses grands-parents semblaient en être affectés. Pour eux, elle eût voulu gagner quelques rangs, mais le travail scolaire l'ennuyait tellement que ses meilleures résolutions s'évanouissaient dès qu'elle ouvrait un livre de classe. Ayant distraitement écouté sa petite-fille, grand-père lui permit de fermer et d'ouvrir le rideau du bureau à cylindre. Après quoi, elle s'empara du timbre dateur qui l'avait toujours fascinée. Elle imprima d'abord, sur un papier, la date du jour, le 13 novembre 1946, puis fit tourner les bandes de caoutchouc portant des lettres et des chiffres et s'amusa à composer des dates extraordinaires, comme celles où elle aurait vingt ans, trente ans, cent ans... Son esprit volait vers un avenir vertigineux. Elle était suffoquée par la rapidité du voyage. Ernestine attendait sur le pas de la porte.

Quand Sylvie eut couvert toute une page de cachets à l'encre violette, son grand-père lui dit :

– Va, maintenant. Tu as sûrement des devoirs à faire.

– Mais non! Nous sommes mercredi : demain, il n'y a pas classe! s'écria Sylvie.

– Eh bien, va quand même! dit grand-père.

Le bureau se trouvait au rez-de-chaussée de la maison d'habitation, qui comportait deux étages. Au premier, un large vestibule, le salon, la salle à manger, la cuisine. Au second, les chambres. Les fenêtres donnaient sur la rue et sur la cour. Un grand escalier prenait sous le porche. A cause du passage des camions de livraison, une fine poussière de charbon se déposait parfois sur les premières marches. Grand-mère, qui avait le culte de la propreté domestique, faisait balayer son entrée plusieurs fois par jour. Elle craignait comme la peste l'invasion de son intérieur par cette poudre sombre et sournoise. Grimpant l'escalier quatre à quatre, Sylvie constata que nulle ombre suspecte ne le souillait et s'en réjouit. L'emploi du temps exigeait qu'elle bût maintenant une tasse de lait cru. Ce lait provenait de la vache Blanchette, que grand-père avait achetée à l'époque de l'Occupation, lorsqu'on manquait de tout. Elle vivait au fond de la cour, dans un coin de l'entrepôt aménagé en étable, et son pis généreux alimentait, depuis des années, la famille et quelques amis privilégiés. Le bol de lait attendait Sylvie dans la cuisine. Elle l'avala à petites gorgées, avec répugnance. Il sentait, disait-elle, les intestins de vache. Pour s'encourager à le boire, elle pensait, chaque fois, à Blanchette, si jolie avec son pelage roux et blanc, ses cornes incurvées et son mufle humide. Rien que par amitié pour cet animal doux, patient et utile, elle devait vider le bol jusqu'à la dernière goutte. Elle s'exécuta avec un sentiment complexe d'écœurement et de tendresse.

– Ça y est! s'écria-t-elle en posant le bol dans l'évier.

Ernestine la complimenta, et aussi Angèle, qui, assise sur un tabouret, nettoyait l'argenterie. A peine plus grande que la fillette, Angèle était aussi large que haute. Son vieux visage avait la mollesse du caoutchouc. En outre, elle était si dure d'oreille qu'il fallait crier pour se faire entendre d'elle. Cette quasi-surdité la rendait doublement sympathique à Sylvie. Il lui semblait qu'un mystère se cachait derrière cette apparence ingrate, comme chez certaines fées qui affectent l'infirmité pour mieux dissimuler leur pouvoir. L'extrême laideur l'attirait autant que l'extrême beauté. Elle toucha l'épaule d'Angèle pour capter son attention et dit, en élevant le ton :

– Qu'est-ce qu'il y aura, ce soir, pour le dîner? Une omelette au fromage?

Angèle battit des paupières, puis parut comprendre et répondit d'une voix éraillée dont elle ne contrôlait pas le diapason :

– Non, de la blanquette de veau. Vous savez bien que nous sommes mercredi. L'omelette au fromage, c'est le vendredi!

Chaque jour avait son menu. Mais il arrivait que grand-père, excédé, demandât un changement dans l'ordre établi, et alors grand-mère s'étonnait, se gourmait, avant de plier avec humeur. En général, toutes les exigences de son mari la contrariaient. Sylvie ne craignait rien tant que les brefs éclats de leur mésentente.

François se montra sur le seuil de la cuisine, un seau plein de charbon au bout de chaque bras. C'était un manutentionnaire brun comme le diable, qui assumait les besognes subalternes aux entrepôts et à la maison. Il entrait notamment dans ses attributions de soigner et de traire Blanchette. Grand-père disait qu'il avait souvent « un verre dans le nez ». Cette expression faisait rire Sylvie qui imaginait les narines de François distendues par un gobelet transparent. Comme le bonhomme dépensait tout son argent au café, c'était sa femme qui touchait sa paye. Elle avait cinq enfants, dont le plus jeune était encore au berceau. Grand-mère s'occupait d'eux et leur donnait de vieux vêtements. Ils avaient droit également à une part du lait de la vache familiale.

— Je peux monter le charbon dans les chambres? demanda François.

Il avait le rude accent des paysans de la Haute-Loire.

— Oui, dit Ernestine, mais déchaussez-vous d'abord. La dernière fois, vous m'avez laissé plein de saletés sur le parquet!

Bien qu'il y eût des radiateurs dans toutes les pièces, l'installation en était si vétuste que, çà et là, un chauffage d'appoint se révélait nécessaire. François grogna, remua les épaules et s'assit sur une chaise de paille pour ôter ses souliers. Il avait des chaussettes trouées. Son gros orteil rose, émergeant par une déchirure, était comme le visage d'un Lilliputien dans un passe-montagne. Ernestine fronça le nez avec dégoût. Sous son regard sévère, François repartit, le dos rond, les pieds traînant dans ses chaussettes.

– Il est encore pompette, celui-là! dit Ernestine en riant.

Elle remplit le moulin à café et s'apprêta à moudre. Sylvie lui demanda la permission de le faire à sa place. Les fesses calées sur un petit banc, la boîte en bois solidement tenue entre les jambes, en arrière des genoux, la fillette actionnait la manivelle et écoutait, avec délices, le craquement des grains écrasés. De temps à autre, dans le mouvement, l'appareil se déplaçait et lui pinçait désagréablement la peau des cuisses. Cela faisait partie du jeu. D'abord, on poussait très fort sur le manche; puis, la mécanique virait plus librement; enfin, elle tournait à vide. Alors, on pouvait extraire le tiroir de la boîte. Il était plein, à ras bords, d'un joli sable marron. Sylvie mouilla son doigt de salive, cueillit un peu de poudre et la porta à ses lèvres. C'était amer et parfumé! Sans doute fallait-il être une grande personne pour aimer ce goût bizarre. Sylvie demanda un caramel au lait pour s'adoucir la bouche. Angèle en avait fait, le mois dernier, qui étaient succulents. Toute la maison avait été embaumée, ce jour-là, par le parfum de la pâte sucrée et chaude. La cuisinière conservait les bonbons dans une boîte en fer-blanc à dessins chinois : des mandarins prenant le thé sous des parasols. Il ne restait presque plus rien de la provision : quelques pauvres petits pavés dorés et poudreux, au fond de la caisse.

– Quand allez-vous en refaire? cria Sylvie en fourrant un caramel dans sa bouche.

– Votre grand-mère ne veut plus, répondit Angèle. Elle dit que c'est mauvais pour les dents des petites filles.

Sylvie le savait, mais protesta pour la forme :

– Pas si on en prend un peu, de temps en temps!

Un pas se rapprochait. Sylvie se dépêcha de croquer le caramel et en avala le dernier morceau d'un bref coup de gosier. Au même instant, grand-mère entrebâilla la porte et dit :

– Eh bien, Sylvie, je vous attends!

Vouvoyée par sa grand-mère, tutoyée par son grand-père, Sylvie n'avait jamais cherché à comprendre les raisons de cette différence. Ils l'aimaient autant l'un que l'autre, elle en était sûre, mais chacun à sa façon. Chez sa grand-mère, tout était retenue, pudeur, rigueur, contrainte, piété, flamme sourde, cependant que son grand-père se montrait volontiers léger et facétieux. Depuis deux ans que la fillette habitait auprès d'eux, elle avait fini par s'accoutumer à cette existence régulière. A tout instant, elle savait ce qui allait suivre. Ainsi, en rejoignant sa grand-mère dans le salon, aurait-elle parié qu'on lui commanderait d'écrire la lettre hebdomadaire à sa maman. Derrière des lunettes si épaisses que les yeux en étaient comme exorbités, grand-mère dardait sur sa petite-fille un regard de tendre inquisition. Visage émacié, lourd chignon roussâtre sur la nuque, nez camus et bouche forte aux commissures tombantes, elle avait depuis longtemps renoncé à plaire, fût-ce à une enfant. Sur la tablette du secrétaire de marqueterie, reposaient un bloc de papier et un porte-plume. Les instruments du supplice. Le papier, qui était bordé de noir, appartenait à grand-mère. Il suffisait de le regarder pour avoir le cœur gros.

— On ne pourrait pas prendre un autre papier? demanda Sylvie.

— Non, dit grand-mère, ce serait indécent dans notre deuil. Allons! au travail! Je suis sûre que vous avez mille choses à raconter à votre mère.

La passion de Sylvie pour sa maman était si vive qu'à la seule évocation de ce visage lointain elle éprouvait un bondissement du cœur, un élan de tous les muscles, le désir éperdu de se blottir dans des bras accueillants. Mais, quand il s'agissait d'écrire à celle qu'elle aimait tant, les mots fuyaient sa tête. Son bouillonnement intérieur se traduisait par des phrases tellement banales qu'elle en était, par avance, découragée. Ce qui aurait dû être un chant d'amour tournait au devoir scolaire. A court d'inspiration, elle chuchota :

— Qu'est-ce que je lui mets?

— C'est à vous de le savoir, Sylvie! dit grand-mère.

Elle s'était assise à côté de sa petite-fille et, les mains croisées sur le ventre, observait, à travers ses grosses lunettes déformantes, les progrès de l'indécision sur le visage de l'enfant. Avec désespoir, Sylvie se rabattit sur les formules habituelles :

« Ma petite maman chérie, je vai toujours bien

15

et j'espère que toi aussi. A l'école, tout vat bien et j'ai toujours de bones amies. Grand-père, grand-mère et tante Madeleine von toujours bien aussi... »

Elle écrivait lentement, avec effort, et marquait un temps d'arrêt après chaque mot pour mieux réfléchir à la suite. Grand-mère lisait au fur et à mesure. Ses lunettes n'étant pas suffisantes, elle se servait en plus d'une loupe ronde qu'elle portait en sautoir, à une chaînette, autour de son cou. Sylvie sentait sur sa joue cette respiration irrégulière et le peu d'idées qu'elle avait finissait de s'évanouir dans la conscience d'une tragique incapacité. Si maman s'était présentée devant elle, à l'instant, elle n'aurait pas eu à chercher ses mots pour lui crier sa joie. Mais maman était loin. Pour des semaines encore. Jusqu'aux vacances de Noël. Seule à Paris, elle travaillait dur, disait-on, comme secrétaire médicale, chez un professeur qui était très savant et soignait beaucoup de monde. En même temps, elle faisait des études pour se perfectionner dans son métier. Ces diverses activités l'absorbaient tellement qu'elle avait dû confier sa fille à ses beaux-parents en attendant de s'être organisée pour la reprendre. Il s'agissait, affirmait-on en famille, d'une « solution très provisoire ».

Toutes ces pensées traversaient au galop l'esprit de Sylvie, tandis que sa main s'engourdissait sur le papier. Derrière ses épaules, elle devinait la tribu des vieux meubles attentifs. Grand-mère tenait beaucoup à ces objets qui, racontait-elle, étaient « depuis toujours » dans sa famille. Il y avait là des commodes, des guéridons, des tables en bois précieux qu'Ernestine et Angèle astiquaient avec rage. Les visiteurs s'extasiaient particulièrement devant un « bonheur-du-jour XVIIIᵉ ». L'expression plaisait à Sylvie et il lui arrivait de se planter devant le meuble en espérant qu'à force de le regarder elle attirerait à l'extérieur un peu de ce « bonheur » qu'il recelait dans ses tiroirs. Mais, malgré des contemplations prolongées, les tiroirs conservaient jalousement leur trésor de félicité. L'obscurité envahissait la pièce. Grand-mère alluma une lampe sur le secrétaire. Dans la lumière crue, le gribouillage de Sylvie prit un aspect encore plus décevant. Elle étira son écriture pour couvrir le bas de la page :

« Je croi que je t'ai tout dit. Je compte les jour avant que tu vienne. Arrive vite. Je t'embrase de tout mon cœur, ainsi que mes grands-parents. »

Ayant signé, elle se renversa, épuisée, sur le dossier de sa chaise.

– Ce n'est pas brillant, dit grand-mère.

Et elle pointa le doigt aux endroits où il y avait des fautes d'orthographe. Sylvie les corrigea selon ses indications et libella soigneusement l'enveloppe. Puis elle s'envola dans sa chambre.

C'était l'ancienne chambre de papa. Une chambre de garçon, avec, au mur, deux fleurets entrecroisés et des photographies de joueurs de tennis. Grand-mère avait défendu qu'on touchât au décor. Tout, ici, devait rester comme au temps où son fils unique, Bernard, habitait la maison paternelle. Les poupées, l'ours en peluche de Sylvie étaient en visite dans un univers masculin. Elle-même était en visite. Entre ces murs imprégnés de souvenirs, elle se sentait constamment surveillée. Le moindre objet, en ce lieu, lui rappelait qu'elle avait perdu son père. La photographie du disparu ornait sa table de chevet. Grand-mère avait la même dans sa chambre, et grand-père et tante Madeleine chacun dans la sienne. Tout le monde la trouvait « très vivante ». Sauf Sylvie. Sur cette image, papa regardait droit devant lui, la tête inclinée sur le côté, l'air indifférent. Sa joue s'appuyait sur son poing, dans une pose qui ne semblait pas naturelle. A trop contempler ce portrait, Sylvie avait fini par oublier le vrai visage de son père. Quand elle pensait à lui, elle le voyait toujours en noir et blanc, la tête penchée, les yeux fixes. Impossible de le faire bouger, parler, rire dans sa mémoire. Elle avait beau essayer de se rappeler des détails de leur vie à trois, avec maman, à Sallanches, chaque fois elle se heurtait, comme à une barrière, au rectangle de papier mat dans son cadre d'acajou. Cet après-midi, elle avait eu une prise de bec avec Annette Cordier, dans la cour de récréation. Annette Cordier se vantait, dans un cercle d'amies, parce que son oncle avait été fait prisonnier en 40 et s'était évadé de son camp. Sylvie lui avait fait observer que ce n'était pas grand-chose en comparaison de son père qui, lui, avait été tué en 44, pendant la libération de la Haute-Savoie. D'autres filles s'étaient mêlées à la conversation, discutant pour savoir ce qui était « mieux » d'un prisonnier ou d'un mort. Pour emporter le morceau, Annette Cordier s'était écriée que son oncle avait été décoré pour son exploit. Sylvie avait rétorqué que son papa aussi.

Et elle avait ajouté : « A titre posthume. » Cette formule mystérieuse avait impressionné l'auditoire. Personne n'avait osé demander ce qu'elle signifiait. Et Sylvie s'était retirée sur une victoire totale, face à Annette Cordier qui grommelait : « N'empêche que mon oncle, lui, il est toujours vivant ! » Sylvie n'avait jamais vu son papa mort. Elle savait seulement qu'il s'était courageusement offert, en tant que médecin, à aller soigner des résistants dans le maquis, que l'ambulance qu'il commandait avait été prise dans une embuscade allemande et qu'il était tombé « en héros », selon l'expression de grand-mère. Quand elle essayait de se remémorer l'événement – elle avait six ans à l'époque –, elle revoyait, pêle-mêle, sa maman dans une robe noire, une longue caisse de bois sur laquelle des messieurs inconnus étendaient un drapeau tricolore, des amis de la famille aux visages graves, l'appartement sens dessus dessous, des fleurs dans tous les coins comme pour une fête. Sans bien comprendre encore ce qui allait changer pour elle dans la vie, elle savourait son nouvel état comme un privilège. Même la cérémonie au cimetière ne l'avait pas autrement bouleversée. La descente du cercueil dans la fosse, le discours d'un monsieur très maigre qui tenait un papier à la main, la sonnerie d'un clairon, des officiers faisant le salut militaire, tout cela, lui semblait-il, n'avait aucun rapport avec la réalité. De toute évidence, il n'y avait personne dans la boîte. Il avait fallu qu'elle se retrouvât au Puy, entre ses grands-parents, pour comprendre qu'elle ne reverrait plus son papa qu'en photographie. Maintenant, elle savait qu'elle était orpheline. Ce mot, quand elle le prononçait, lui serrait la gorge et faisait monter à ses yeux des larmes agréables. Elle se jugeait intéressante, exceptionnelle. Sans quitter du regard l'image de son père, elle prit son ours en peluche et le serra convulsivement sur sa poitrine. L'ours, Casimir, perdait son crin par une blessure au ventre. Il lui manquait un œil et un bras. Mutilé de vieille date, il n'en avait que plus de charme. Il avait été le compagnon de maman, dans son enfance. Elle aussi, d'ailleurs, était orpheline. Elle avait perdu ses parents peu après son mariage, dans un accident d'auto. Pour Sylvie, qui venait de naître, c'était comme s'ils n'avaient jamais existé. Elle ne pouvait les regretter, puisqu'elle ne se souvenait pas d'eux. En serait-il de même pour papa, dont elle avait de plus en plus de peine à raviver la mémoire? Elle soupira, s'affola, s'ennuya un peu et décida de redescendre jouer avec Toby. Elle était en train de le taquiner avec une brindille, lorsque Ernestine l'appela pour se laver les mains avant le dîner. Assise dans la salle à manger entre son grand-père et sa grand-mère, elle se demanda, une fois de plus, pourquoi ces deux êtres, qui étaient si gentils avec elle, ne l'étaient pas davantage entre eux. Raidis chacun devant leur assiette, ils évitaient de s'adresser la parole. On eût dit deux étrangers, réunis par hasard. De temps à autre, grand-père lançait à grand-mère un regard de froide ironie. Elle, de son côté, ignorait la présence de cet intrus et ne s'intéressait qu'à Sylvie, la reprenant sur sa façon de se comporter à table :

– Les épaules droites, Sylvie! Comment tenez-vous votre fourchette?

Ernestine faisait le service, dans une atmosphère glaciale de contrainte et de détestation. Pourquoi grand-père et grand-mère étaient-ils fâchés l'un contre l'autre? Sylvie les avait toujours connus ainsi.

– Cette blanquette a un goût d'eau, dit grand-père.

Grand-mère dédaigna de répondre et pinça les lèvres dans une moue de mépris souverain.

– Tu ne trouves pas, Sylvie? reprit grand-père. Ta grand-mère a perdu la notion des bonnes choses. Mais toi et moi, qui avons encore le palais fin, nous décrétons que cette blanquette a autant de saveur qu'une pelote de ficelle plongée dans de la sauce à la farine. Angèle nous fait une cuisine de gargote et nous l'acceptons sans sourciller!

– Eh bien, dites-le-lui, Hippolyte, soupira grand-mère, excédée.

Et elle ajouta:

– On semble oublier, dans cette maison, que, si la guerre est finie, les restrictions ne le sont pas encore tout à fait.

– Vous vous débrouillez mal, Clarisse, voilà tout! grommela grand-père.

– J'ai toujours refusé de me « débrouiller », comme vous dites. Et j'en suis fière!

Il haussa les épaules et se versa un verre de vin. Plus un mot ne fut prononcé jusqu'à la fin du repas. Ecrasée par le silence des grandes personnes, Sylvie souffrait de son impuissance à les réconcilier. Pourquoi l'avait-on associée à cette absurde histoire de blanquette qui avait tout gâché? Elle la trouvait très bonne, cette blanquette. Elle en eût volontiers repris pour faire plaisir à grand-mère. Mais, du même coup, elle eût contrarié grand-père. Que tout cela était compliqué! Le cœur serré, elle se demandait comment désarmer les deux divinités tutélaires qui se défiaient par-dessus sa tête. Un mot eût suffi, peut-être. Elle ne le trouvait pas et, machinalement, roulait des boulettes de pain qui étaient autant de moutons éparpillés sur la neige de la nappe.

– On ne joue pas avec le pain, Sylvie, dit grand-mère sévèrement.

Sylvie arrêta son geste, tandis que grand-père lui faisait un sourire complice. Pour un peu, il l'eût encouragée à poursuivre. Après le dîner, il embrassa sa petite-fille, dit : « Bonsoir, Clarisse » et quitta la maison, à son habitude, pour faire sa partie de bridge avec des amis, au café de la place du Breuil. Sylvie rejoignit Ernestine dans la salle de bains pour la toilette du soir. Assise dans la baignoire, elle s'abandonnait avec indifférence aux grandes mains calleuses qui la savonnaient et l'étrillaient vigoureusement. Selon la règle, grand-mère assista à la cérémonie de la prière, que Sylvie devait réciter à haute voix, agenouillée au pied du lit, en pensant « de toute son âme » à ce qu'elle disait. Elle-même s'agenouilla péniblement, avec un grand soupir, joignit les mains devant son menton avec tant de force que ses articulations blanchirent et remua les lèvres en silence. Son visage aux paupières closes avait une expression concentrée. Des poils bougeaient sur la petite verrue de sa joue gauche. Quand ce fut fini, elle pressa Sylvie de se glisser sous les couvertures et lui souhaita une bonne nuit, mais sans l'embrasser. Elle avait horreur des démonstrations sentimentales. Sylvie se rappela le baiser du soir de maman qui, naguère, la préparait au sommeil. « Dors bien, ma petite Viou », disait maman dans un murmure. Elle était la seule, aujourd'hui, à l'appeler Viou. C'était un diminutif que papa et elle avaient inventé peu après la naissance de leur fille. Sylvie était devenue Sylviou, puis Viou tout court. A cause de ces deux noms, l'un à l'usage de tout le monde, l'autre à l'usage exclusif de maman, Sylvie, parfois, se sentait l'âme double. Quand elle était sage, à table, en classe, dans la rue, c'était incontestablement Sylvie qui l'habitait. Quand un vent de folie balayait son cerveau, c'était Viou qui reprenait le dessus. Et aussi quand elle défaillait, comme ce soir, de tendresse inemployée. Une fois de plus, elle s'élança désespérément vers le mirage maternel, ne reçut aucune consolation en réponse et mordilla le bord de son drap pour s'empêcher de pleurer. En se retirant, grand-mère éteignit la lampe. Au fond de la chambre, devant la cheminée, il y avait une salamandre allumée. Recroquevillée, les genoux au ventre, Sylvie dardait ses regards sur le poêle dont les petites fenêtres de mica rougeoyaient dans l'ombre. On eût dit une maison de poupée brillamment illuminée pour un anniversaire. A l'intérieur, il devait y avoir un orchestre, des tables chargées de friandises, des danseurs qui tournoyaient avec grâce en écartant les bras. Dans la tête de Sylvie, le silence devenait musique, et la solitude aventure. Elle s'endormit avec la sensation de s'éveiller enfin.

## 2

Plus que les autres jours, le dimanche appartenait au souvenir. Selon l'usage, grand-mère s'apprêta de bon matin afin de se rendre à l'église et, de là, au cimetière avec tante Madeleine et Sylvie. Grand-père, lui, était déjà parti pour la chasse avec ses amis, M. Fromentier et M. Castagnat. Mystérieusement averti des intentions de son maître, Toby, depuis l'aube, jappait d'impatience. Ils reviendraient tous deux à la tombée du soir, fourbus et heureux. Sylvie eût préféré les accompagner plutôt que d'aller à la messe. Cependant, elle reconnaissait que la chasse était une affaire d'hommes et la prière une affaire de femmes. Il n'y avait pas à discuter là-dessus. L'agrément de cette sortie du dimanche matin résidait principalement dans la toilette : une robe en tissu écossais, ornée d'un col blanc à pointes, et un manteau bleu marine avec un écusson sur le revers. C'était maman qui avait apporté cet ensemble, lors de sa dernière visite. Elle l'avait acheté à Paris, dans un des plus grands magasins. Marchant dans la rue, entre grand-mère et tante Madeleine, Sylvie se lorgnait avec fierté, au passage, dans les glaces des boutiques. Petite, brune, le nez menu, la bouche large et le regard noir, elle avait tout, pensait-elle, d'une Parisienne. A mesure qu'on approchait de l'église, le nombre des piétons augmentait. On se saluait entre connaissances.

L'office parut à Sylvie d'une longueur inaccoutumée. Elle enviait grand-mère et tante Madeleine qui, visiblement, pouvaient élever leur âme à Dieu sans se fatiguer, pendant des heures. Pour elle, dès les premiers mots de la prière, le contact était rompu. Au lieu de continuer ses oraisons, elle s'amusait à observer les évolutions des enfants de chœur, la flamme des cierges, les visages des voisins. La musique des orgues faisait courir d'agréables frissons sur sa peau. Après tout, n'était-ce pas encore une façon d'honorer le Seigneur que d'admirer sa maison?

Au sortir de l'église, on partit, toujours à pied, vers le cimetière. La rue, pour y arriver, montait en pente raide. Grand-mère et tante Madeleine disaient que c'était un salutaire exercice de mortification. Elles peinaient et soufflaient, courbées en deux, tandis que Sylvie se fût volontiers élancée devant comme un cabri. Mais on ne court pas en allant vers les morts. Leurs croix innombrables dominaient la ville. Au-dessus d'eux, il n'y avait que la cathédrale, la statue colossale de la Vierge sur son rocher et le ciel de brume grise.

A l'entrée du cimetière, on trouva le gardien, debout sur le seuil de sa maison. Une vieille connaissance. Grand-mère lui demanda des nouvelles de sa femme qui souffrait de rhumatismes. Le fils du gardien, un bambin de trois ans,

26

accroupi à deux pas de là, jouait à construire une tour avec des pots de terre superposés. Sylvie se divertit à le regarder faire, tandis que grand-mère et tante Madeleine continuaient leur conversation aimable avec le veilleur des morts. Enfin, on se sépara et grand-mère dit :

– A bientôt, monsieur Marcel.

Comme toujours, Sylvie eut un pincement au cœur en s'avançant dans cette immense cité de deuil aux maisons sans fenêtres. Ici, tous les habitants étaient couchés. Leur silence était celui de la pierre. Il y avait des tombes plates et d'autres élevées en chapelles. La plupart avaient été fleuries pour la Toussaint. Sylvie admirait au passage.

– Elles sont belles, cette année, les fleurs de regret, dit-elle avec gaieté.

D'une sépulture à l'autre, elle lisait les inscriptions. Toutes lui étaient familières. Il y avait aussi, sur certaines pierres tombales, des photographies dans des médaillons. Elles représentaient des enfants, des jeunes filles, des jeunes gens, des dames au buste rebondi, des messieurs barbus, morts depuis longtemps. Ainsi, on pouvait savoir qui se trouvait sous terre. Sylvie était si souvent venue en ce lieu qu'elle aurait pu se diriger plus facilement dans les allées du cimetière que dans les rues de la ville. Il y avait beaucoup de visiteurs, le dimanche matin. Çà et là, on voyait des gens graves, en conversation silencieuse avec une stèle funéraire. Le caveau de famille était bien situé. Tout près de celui des Marvejoux et des Fromentier, gros industriels de la région. C'était une haute dalle de marbre gris à deux pentes, surmontée d'une croix également en marbre gris et entourée d'une grille basse à motifs en volutes. Sur la dalle, brillait une inscription qui rappelait celle de la maison de commerce : « Famille Lesoyeux ». Grand-père en avait fait redorer les lettres, l'année précédente. Mais les fleurs qui ornaient le devant du tombeau baissaient déjà la tête. On les avait disposées là pour la Toussaint. Maman, qui n'avait pu venir, avait envoyé de très beaux chrysanthèmes. Après la visite au cimetière, il y avait eu un grand déjeuner à la maison avec des amis de la famille. Ce ne serait pas le cas aujourd'hui, qui était un dimanche comme les autres. Penchées sur les chrysanthèmes, grand-mère et tante Madeleine les débarrassaient de leurs feuilles fanées et arrachaient les mauvaises herbes qui avaient poussé dans la terre des pots. Sylvie les aida dans leurs menus travaux de jardinage. C'était presque aussi amusant que de jouer sur un tas de sable. Quand tout fut net, on pria. Debout à côté de grand-mère, Sylvie faisait un effort pour imaginer que son papa reposait là, dans une boîte, parmi d'autres parents. Il devait être à l'étroit entre ces planches, avec le froid de la pierre autour de lui. Mais, d'après grand-mère, les morts ne sentaient rien. Ils n'avaient plus de corps; ils n'étaient qu'une âme. Pourquoi, dans ces conditions, avait-on transporté papa? D'abord déposé dans un tombeau provisoire à Sallanches, le cercueil était bientôt parti pour Le Puy, dans une voiture aménagée en fourgon mortuaire. Maman et Sylvie avaient pris place dans cette énorme auto à gazogène, derrière le chauffeur qui portait une casquette noire. De tout le voyage, Sylvie se rappelait seulement qu'elle avait eu mal au cœur dans les tournants. Les yeux rouges, les mâchoires crispées, maman la suppliait de se retenir. Plusieurs fois, le fourgon avait été arrêté par des messieurs à qui il fallait montrer des papiers pour avoir le droit de passer. Au Puy, il y avait eu de nouvelles cérémonies. A l'église d'abord, puis au cimetière. Ainsi, papa avait été enterré deux fois. Le cas était sûrement très rare. Sylvie aurait pu s'en vanter devant cette idiote d'Annette Cordier qui lui jetait toujours à la tête son oncle prisonnier.

Un coup de vent enveloppa le groupe des femmes. Des gouttes de pluie s'écrasèrent sur la dalle. Tante Madeleine suggéra, par prudence, de prendre le chemin du retour. Mais grand-mère voulut rester cinq minutes encore. Ses lèvres mâchaient du silence. Puis, à regret, elle consentit à s'éloigner du caveau. On eût dit qu'elle quittait quelqu'un de vivant. Plusieurs fois, elle se retourna. On fit, comme d'habitude, un détour pour rendre visite à la tombe des parents de tante Madeleine. Là encore, il fallut prier, mais, comme il s'agissait de gens inconnus de Sylvie, elle n'essaya même pas d'évoquer l'énigme de leur présence sous la terre. Il y eut ensuite, au passage, comme chaque dimanche, de brèves stations devant la sépulture de quelques amis. Enfin, on se dirigea vers la sortie. Tante Madeleine avait ouvert un parapluie. Blotties toutes trois sous ce pavillon noir, elles redescendirent à petits pas vers le bruit et le mouvement de la ville.

Elles arrivèrent à la maison juste à temps pour échapper au gros de l'averse. Tante Madeleine resta pour le déjeuner. Angèle avait préparé un chou farci. La promenade au cimetière avait aiguisé l'appétit de Sylvie. Elle dévora. En l'absence de grand-père, grand-mère n'était plus la même. Le visage détendu, la taille molle, elle bavardait librement avec tante Madeleine. Après quelques considérations sur leurs relations communes, elles en revinrent au passé, leur terrain de préférence. Le cimetière se continuait dans la maison. Pour la centième fois, Sylvie entendit évoquer l'enfance de son père. Il était si bon élève, premier en tout, prix d'excellence! Ses professeurs lui prédisaient le plus brillant avenir. Même dans la pratique des sports, il étonnait son entourage : au fleuret, au tennis, au football... Et quel lecteur insatiable! Il n'avait pas dix ans qu'il avait déjà avalé tout Jules Verne! Le soir, grand-mère était obligée de se fâcher pour qu'il éteignît sa lampe. Devant ce père orné de toutes les qualités, Sylvie mesurait cruellement sa propre insuffisance. Elle se jurait de faire des progrès en lecture, en orthographe, en arithmétique, en conduite, pour être enfin digne de lui, et savait d'avance qu'elle n'arriverait jamais à l'égaler. Superbe et froid, il l'écrasait de son ombre comme une statue. Et grand-mère parlait toujours, avec désespoir, avec vénération. Elle avait rêvé que son fils devînt prêtre. Mais il n'avait pas la vocation. Il s'était donc tourné vers la médecine. Raisonnablement, il aurait dû exercer au Puy. Or, il s'était marié et s'était fixé à Sallanches, parce qu'il était attiré par la montagne. Cette décision avait fait son malheur. S'il était resté au Puy, peut-être serait-il encore en vie. En disant cela, grand-mère eut un regard si triste que Sylvie sauta de sa chaise et courut l'embrasser. Ce genre de tendresse n'était pas du goût de la vieille dame. Elle se raidit et ordonna à sa petite-fille de se rasseoir et de finir ce qu'elle avait dans son assiette.

Après le déjeuner, grand-mère et tante Madeleine s'installèrent dans le salon, près de la fenêtre, pour une séance de lecture à haute voix. Leur choix se portait toujours sur un livre d'histoire, très ennuyeux. C'était tante Madeleine qui lisait, à travers son gros lorgnon, le nez sur la page. Elle avait un ton chantant et reprenait sa respiration, avec un sifflement rauque, entre les phrases. Grand-mère écoutait en tricotant. Elle confectionnait ainsi des montagnes de vêtements en laine pour les pauvres de la paroisse. M. l'abbé Péricoul lui en savait un gré infini. Comme elle y voyait très mal, elle faisait un trou avec son aiguille dans un papier à chaque rang de mailles, ce qui lui permettait de vérifier son compte rien qu'en passant un doigt sur la feuille. Trois rangs à l'endroit, deux à l'envers. Prenait-elle goût à ce qu'elle entendait? C'était peu probable. Sans doute, engourdie par un murmure monotone, continuait-elle à penser au cher disparu. Assise au pied de son fauteuil, sur son tabouret bas, Sylvie jouait à suivre, du bout de l'index, les arabesques du tapis. Puis, saisie d'une inspiration subite, elle se rendit à la cuisine. Angèle était déjà partie. Elle habitait en ville, chez son fils et sa bru, qui, disait-elle, la traitaient « pis qu'une vieille bique »! Mais Ernestine était là : elle achevait de laver la vaisselle. Comme elle n'avait « personne dans la vie », selon son expression, elle travaillait même le dimanche. D'ailleurs, elle logeait à la maison. Sylvie la regarda essuyer les assiettes. L'odeur puissante du chou parfumait la pièce. Tout, ici, respirait l'habitude et la sécurité. Soudain, Sylvie demanda :

— Vous n'allez jamais au cimetière, vous, Ernestine?

— Pas ici, dit Ernestine. J'ai personne de ma famille au Puy. Ils sont tous enterrés à Salettes. Et c'est loin!

— Moi, j'aime bien aller au cimetière, dit Sylvie. C'est calme. On prie.

Et, fière de sa science en la matière, elle ajouta :

— Evidemment, les morts ne sont pas là où on les a enterrés : ils sont au paradis, au purgatoire, en enfer.

C'était ce qu'on lui avait appris au catéchisme.

— Ils y sont, mais ils en sortent, dit Ernestine.

— Comment?

— Ah ça! personne ne sait.

— Et qu'est-ce qu'ils font alors?

Les yeux d'Ernestine roulèrent dans leurs orbites. Son visage flasque exprima un profond mystère.

— Ils se promènent parmi nous, dit-elle en baissant la voix. Ils nous voient et nous ne les voyons pas. Ils nous jouent des tours.

Ces révélations rendirent Sylvie perplexe.

Jamais grand-mère ne lui avait parlé ainsi. Ni M. l'abbé Morel, l'aumônier de l'école, qui devait être au courant. Ernestine se trompait. Elle n'avait pas étudié. Il fallait la laisser à sa vaisselle.

En retrouvant sa chambre, Sylvie se sentit regardée. Elle était seule entre ces quatre murs, et néanmoins tous ses gestes étaient observés par quelqu'un. Cette pensée la gêna pour jouer avec sa poupée. Chaque fois qu'elle jetait les yeux sur la photographie de son père, elle éprouvait une impression de froid. Elle songea que, s'il était mort dans son lit, elle eût été, sans doute, moins affectée. Mais, comme disait grand-mère, il était « tombé sous les balles ennemies ». Sylvie avait vu, dans un livre d'images, un soldat de Napoléon blessé sur le champ de bataille. Couché dans l'herbe, il perdait son sang par plusieurs trous et, une main sur le cœur, regardait le ciel. Les choses s'étaient-elles passées ainsi pour papa? Elle ne le saurait jamais. Interrogés par elle, maman, grand-père, grand-mère, tante Madeleine, Ernestine répondaient évasivement. De ce côté-là, tout n'était que silence et brouillard. Elle se promit de revenir à la charge avec maman et lâcha sa poupée pour s'occuper de son ours. Il était comique. Elle lui confectionna un chapeau de clown avec un papier buvard rose.

Sur le tard, grand-mère l'appela pour dire au revoir à tante Madeleine qui rentrait chez elle après trois heures de bavardage et de lecture. Elle habitait, à deux pas de là, un petit appartement plein de vieux bibelots extraordinaires. Sur les tables, ce n'étaient que boîtes à musique et tabatières à secret. Malgré la présence de ces objets si beaux et si divertissants, elle avait, disait grand-mère, une vie bien solitaire et bien triste. Ne s'étant pas mariée, elle n'avait, forcément, pas eu d'enfants. Sylvie se demandait pourquoi le fait de n'avoir pas d'enfants représentait pour les grandes personnes une telle calamité. Elle aimait bien tante Madeleine qui avait le regard myope, la voix suave et savait toutes les histoires de la famille.

– Mon Dieu, j'allais oublier ton lait, Madeleine! s'écria grand-mère.

Sylvie courut chercher à la cuisine le bidon en aluminium contenant le lait de la vache Blanchette. Madeleine prit le récipient par son anse, remercia et promit de revenir demain.

Quand la visiteuse fut partie, grand-mère monta dans la chambre de Sylvie et ouvrit le placard situé à gauche de la cheminée. Ce réduit était réservé aux souvenirs du mort. Son uniforme pendait là, tout propre, tout repassé, avec des boules de naphtaline dans les poches. Il l'avait laissé chez ses parents après sa démobilisation. Depuis, grand-mère l'entretenait avec un soin jaloux. Si papa revenait, il pourrait aussitôt se rhabiller en militaire. Assise au bord d'une chaise, les mains sur les genoux, Sylvie regarda sa grand-mère sortir l'étrange costume kaki aux boutons de métal brillant et au double galon cousu sur les manches. La vieille dame le tenait à bout de bras, par le crochet du cintre, le tournait, le scrutait d'un œil sévère, le brossait à petits coups, avec piété. La scène se répétait chaque dimanche, après la visite au cimetière. Ainsi l'enfant avait-elle l'impression que le retour de son père était remis de semaine en semaine. Sinon, pourquoi grand-mère se fût-elle tant préparée à le recevoir? Mais, d'un autre côté, il n'avait plus de corps. Alors, à quoi bon se soucier de son habillement? Sans doute Sylvie était-elle trop petite pour comprendre. L'uniforme regagna son logement, à l'intérieur du placard. Satisfaite, grand-mère s'occupa du reste de la chambre. Comme des jouets traînaient partout, elle invita Sylvie à les ranger.

Il faisait déjà nuit lorsque grand-père revint de la chasse. Contrairement à toute attente, il rapportait un lièvre, lequel, disait-il, lui était littéralement parti entre les pieds. Il jeta la bête sur la table de la cuisine. Elle avait le poil ensanglanté au niveau de l'épaule et des caillots noirs sur le museau. Sylvie regardait avec horreur ce petit corps inerte, ces yeux ronds et vitreux. Tout à coup, elle pensa à son père, « tombé sous les balles ennemies », son ventre se contracta sur une envie de vomir, elle se précipita dans sa chambre, s'effondra sur le lit, enfouit sa tête dans l'oreiller et pleura à gros hoquets sans comprendre pourquoi.

## 3

En principe, la leçon ne devait pas dépasser une heure. Le dos bossu, les doigts crispés autour du porte-plume, Sylvie alignait sur son cahier de brouillon les différentes formes du verbe « finir » et, par intervalles, jetait un regard à la petite pendule posée devant elle sur la table. Plus que sept minutes. C'était grand-mère qui avait eu l'idée de ces « répétitions », deux fois par semaine, au domicile de tante Madeleine. Le retard scolaire de l'enfant justifiait, disait-elle, qu'on employât « les grands moyens ». Penchée sur la page d'écriture, tante Madeleine soupirait tristement à chaque faute. Quand l'exercice fut terminé, elle dit :

— Es-tu contente de toi ?

— Non, dit Sylvie avec sincérité.

— Tu me l'avais pourtant bien récité, avant-hier, ce verbe !

— Oui.

— Alors ?

— Alors, j'ai oublié, tante Madeleine.

— Applique-toi ! A ton âge, tu devrais savoir...

La voix de tante Madeleine était suppliante.

Tout en parlant, elle rectifiait les erreurs à l'encre rouge. Sylvie ne la craignait pas et goûtait même un bizarre plaisir à écouter ses réprimandes. Dans un élan de courage, elle promit de donner, la semaine prochaine, un sérieux « coup de collier », selon l'expression consacrée. Puis, délivrée, elle sauta de sa chaise et courut vers la longue table où tante Madeleine disposait les objets précieux de sa collection. C'était le moment le plus agréable de l'après-midi, la récompense après l'effort. Du reste, tante Madeleine paraissait aussi heureuse de présenter ces pièces rares que Sylvie de les retrouver à chaque visite. Quand elle était encore petite, elle n'avait pas le droit de les toucher, et les admirait, les mains derrière le dos. Maintenant, elle pouvait les prendre, les palper, les retourner, les humer. Elle se saisit d'un tâte-vin en argent ciselé et s'amusa à lire la devise gravée dessus : « A votre santé ». Sur un autre, dont l'appui-pouce était un ange, elle déchiffra l'inscription : « Je le porte dans mon cœur ». Une minuscule boîte en or, au couvercle découpé en croisillons, avait renfermé, disait tante Madeleine, des mouches que les dames se mettaient sur la figure pour paraître plus belles. Mais la prédilection de Sylvie allait à un flacon en porcelaine, avec des fleurs en relief tout autour. Il était encore mystérieusement imprégné du parfum qu'il avait contenu au temps des rois. Elle le déboucha, le respira. Cela sentait bon, comme quand maman s'approchait d'elle, du vivant de papa, le soir, après s'être maquillée pour sortir. Subitement, elle demanda à revoir l'album de photos que tante Madeleine conservait dans un tiroir. Assises côte à côte, sur un drôle de canapé aux pattes torses, elles feuilletèrent ces images d'une autre époque en commençant par les plus anciennes. Tante Madeleine avait entouré d'un bras les épaules de la fillette. La leçon était oubliée. On n'apprenait plus la grammaire, mais le passé de la famille.

– Ça, c'est l'oncle Prosper Decassoux, tu ne l'as pas connu, disait tante Madeleine. Ça, c'est sa fille, la petite Marthe, qui est morte à trois ans, de la grippe espagnole... Ça, c'est ton arrière-grand-mère... Elle était très belle et très autoritaire... Ça, ce sont ses trois fils, dont l'aîné, Maurice, est entré dans les ordres... Ça, c'est ta grand-mère et moi, le jour de notre première communion... A côté, ton grand-oncle Albert, qui est mort la veille de la déclaration de la guerre...

De nouveau, Sylvie se promenait dans un cimetière. Mais c'était un cimetière souriant. Tout le monde, ici, avait l'air heureux et en bonne santé. Elle tomba en arrêt devant la photographie d'un jeune couple, debout, au soleil, sur un fond de feuillages. Ils se tenaient par la main et se regardaient en amoureux. Chaque fois que Sylvie revoyait cette image, elle avait un choc au cœur : grand-père et grand-mère. Ils étaient méconnaissables. Comme si un coup de gomme avait effacé toutes les rides de leur visage. Comme s'ils ne s'étaient jamais disputés. Elle murmura :

– C'est quand, ça?

– Oh! il y a bien longtemps, dit tante Madeleine. Juste après leur mariage.

– Ils sont drôlement habillés!

– C'était la mode, à l'époque.

– On dirait qu'ils s'aiment bien, là-dessus. Ils se sourient. Ils sont tout bizarres.

– Oui, dit tante Madeleine rêveusement.

– Pourquoi ne sont-ils plus jamais comme ça? demanda Sylvie.

– Parce qu'ils ont vieilli. Comme tout le monde.

– Je veux dire pourquoi ne s'entendent-ils plus? Pourquoi se lancent-ils des piques?

Tante Madeleine se rembrunit, ne répondit pas et tourna la page. Sylvie pressentit un de ces profonds mystères comme il y en avait tant dans la vie des grandes personnes. Dans son esprit, grand-père et grand-mère étaient nés vieux, fatigués et hostiles. De leur découvrir un passé de joie et de jeunesse la dérangeait et même l'attristait. Elle les plaignait et pensait inexplicablement à la poussière de charbon qui filtrait sous la porte d'entrée. Encore des pages et des pages d'album, avec des personnages qui se montraient dans des rectangles de papier brillant comme dans autant de petites fenêtres : et voici un monsieur jouant au tennis; le même à califourchon sur une moto; le même juché sur une échelle et tenant sa main en visière devant ses yeux comme un guetteur au sommet d'un mât.

– Pauvre Bernard! dit tante Madeleine.

Sylvie ne reconnaissait pas son papa dans ce jeune homme facétieux. Elle ne le reconnut pas davantage quand elle le vit, aux côtés de maman, sur le balcon de leur appartement, à Sallanches. Et elle, toute petite, assise devant eux, sur un tabouret. Le regard rivé sur ces trois silhouettes, elle s'efforçait de revivre une journée d'autrefois, avec les voix de ses parents, le papier à fleurs de la chambre, la tendresse et le rire dans la maison. Mais, plus elle s'acharnait à débusquer ces lointains souvenirs, plus ils se dérobaient devant elle. A la place de tout ce qu'elle avait vécu, elle ne trouvait qu'un nuage blanc où s'agitaient des ombres. Elle soupira :

— C'est dommage!

— Quoi, ma petite Sylvie?

— Dis-moi encore comment c'était à Sallanches. Est-ce que papa était souvent avec nous?

— Je le suppose, dit tante Madeleine. Evidemment, en tant que médecin, il devait courir à droite, à gauche. Il avait une énorme clientèle. Les gens du pays l'aimaient beaucoup. D'ailleurs, qui ne l'aimait pas?

— Il jouait avec moi?

— Mais oui, ma chérie. Tu étais très gâtée...

Sylvie partit dans un rêve. Deux visages se penchaient au-dessus de son lit. L'un, bien vivant, était celui de maman, l'autre, en papier, la joue appuyée sur son poing, ne respirait plus.

— Raconte. Je ne me souviens pas, dit-elle.

— C'est normal! Tu étais si petite à la mort de ton pauvre papa! Regarde cette photographie. Elle ne te dit vraiment rien?

— Non, marmonna Sylvie. Elle n'est pas vraie...

— Comment cela?

Sylvie posa les deux mains à plat sur la photographie pour la cacher.

— Je ne veux pas la voir, dit-elle d'un ton buté. Elle arrête tout. On la regarde, et plus rien ne bouge...

Soudain, elle pointa un doigt vers le mur :

– Il est nouveau, ce tableau?

C'était un petit paysage représentant une prairie très verte, avec une vache couchée au milieu.

– Oui, dit tante Madeleine. C'est un cadeau de M. Poirier. Il l'a peint lui-même.

Sylvie se rappelait confusément avoir vu ce M. Poirier à la maison. Il était chauve et portait des moustaches.

– Il fait des tableaux toute la journée? demanda-t-elle.

– Non, il est inspecteur des contributions directes; il peint à ses moments perdus. Et, ma foi, avec beaucoup de talent. Vois cette herbe, comme elle est lustrée! Et ce ciel! L'œil se perd à l'horizon...

– Oui, dit Sylvie. J'aimerais bien avoir un tableau comme ça dans ma chambre.

– Eh bien, tu le diras à M. Poirier. Justement, il doit venir déjeuner chez tes grands-parents, dimanche prochain. Et maintenant, nous allons lire un peu!

Tante Madeleine prit, dans une bibliothèque vitrée, un livre rouge et or : *Mémoires d'un âne*. Sylvie n'eut pas le temps d'en déchiffrer plus de deux pages. Déjà, Ernestine venait la chercher pour la ramener à la maison.

Cheminant à côté de la bonne qui lui tenait la main, Sylvie levait les yeux sur les gigantesques rochers Corneille et Aiguilhe qui dominaient la ville. Hors d'un parterre de toits sages, les deux pics énormes montaient comme les bras d'un suppliant en prière. Tout ce qui vivait en bas semblait commandé par ces églises vertigineuses, cette Vierge inaccessible, ce cimetière haut perché. On ne pouvait marcher dans la rue sans penser à Dieu et aux morts.

En retrouvant ses grands-parents, Sylvie entendit de nouveau parler de M. Poirier et du déjeuner de dimanche. Tout le monde paraissait attacher une importance capitale à cette visite. On discuta le menu en famille, avec Angèle, en forçant la voix. Dès qu'il s'agissait de cuisine, ce gentil gnome femelle se redressait, son œil s'allumait de compétence. Il semblait même que, tout à coup, elle entendait mieux. Vu les restrictions, il ne pouvait être question d'un « festin », comme disait grand-père. Mais, en échange d'un petit supplément de charbon au boucher, il avait pu se procurer un gigot que l'on ferait cuire avec des haricots blancs. Comme dessert, Angèle suggéra une charlotte aux pommes. Sylvie en avait l'eau à la bouche. Quand le menu fut arrêté, grand-mère interrogea Angèle sur sa santé :

— Il me semble vous avoir entendue tousser, ce matin, Angèle. Auriez-vous pris froid ?

— C'est toujours mon catarrhe qui m'empêche de respirer, madame, dit Angèle. On ne peut rien faire contre ça !

— Je suis sûre que vous ne prenez pas régulièrement votre sirop !

Angèle rit dans un plissement de toute la figure :

— C'est vrai, madame. J'oublie quelquefois !...

— Il ne faut pas, Angèle. Songez que vous devez être d'attaque, dimanche prochain.

Sylvie raccompagna la domestique à la cuisine.

Là, devant Ernestine, Angèle se répandit en propos émus sur la gentillesse de Madame, qui prenait part à ses malaises. Puis, tirant une fiole du placard, elle but une pleine cuillerée de sirop. Sylvie voulut en goûter aussi. Un liquide âcre et poisseux lui englua la langue. Elle réclama un caramel pour se changer la bouche.

– C'est le dernier, dit Angèle en lui tendant un morceau tout effrité.

Sylvie suça le bonbon à petites aspirations savantes, le réduisit sans le brutaliser, ballotta d'une joue à l'autre sa salive enrichie, déglutit lentement et, lorsque ce fut terminé, demanda la recette de la charlotte aux pommes. Soudain, elle était impatiente de rencontrer M. Poirier.

La fin de la semaine lui parut traîner en longueur. Le dimanche matin, elle accorda un soin particulier à sa toilette. Toujours la même robe écossaise, mais elle avait un peu changé sa coiffure. La barrette plus haute, ce qui lui dégageait davantage le front. Personne ne s'en aperçut, et cependant, quand elle se regardait dans la glace, elle se voyait en jeune fille. On se rendit à la messe et au cimetière, avec tante Madeleine, comme d'habitude, mais on resta moins longtemps devant les tombes. Sylvie se demanda si papa ne leur en voudrait pas de cette visite écourtée. Ni grand-mère ni tante Madeleine ne semblaient s'en préoccuper. Sans doute la perspective de recevoir M. et Mme Poirier était-elle une excuse valable, même dans l'au-delà. Le temps d'arroser les pots de fleurs, de marmonner une prière et, dare-dare, on dégringola l'avenue du cimetière vers la ville neuve.

Les invités arrivèrent à midi et demi. En revoyant M. Poirier, Sylvie fut saisie, de nouveau, par le contraste entre ce crâne dénudé et cette moustache fournie. On eût dit que tous les poils qu'il aurait dû porter sur le haut de sa tête avaient poussé, par erreur, au-dessus de sa bouche. Un large boudin de crins blonds dominait sa lèvre et débordait ses joues. Il était petit et son menton s'appuyait sur un nœud papillon bleu à pois rouges. A côté de lui, sa femme, grande et hommasse, découvrait ses gencives dans un sourire engageant. Ils avaient apporté un tableau recouvert d'une bâche. Sans doute s'agissait-il d'un cadeau, comme pour tante Madeleine. Mais ce tableau-ci était de dimensions tellement considérables que M. Poirier dut le prendre à deux bras pour le transporter dans le salon. Il le posa, encore enveloppé, sur une chaise, face à la fenêtre. Tout le monde se rangea devant, avec des mines d'impatience gourmande. Grand-mère se pencha vers Sylvie et lui dit à l'oreille :

– Vous allez avoir une surprise, mon enfant.

Sylvie béait dans une expectative fiévreuse. Que pouvait-il bien avoir peint, ce M. Poirier? Un pâturage vert avec des jolies vaches rousses et blanches rappelant le tableau de tante Madeleine, un coucher de soleil orange sur la ville du Puy? L'artiste ne se pressait pas, tout heureux de prolonger une attente si flatteuse. Avec des gestes lents, il ouvrait, une à une, les épingles de sûreté qui maintenaient la couverture. Puis, d'un geste prompt, il arracha la bâche et la jeta de côté. Sylvie poussa un cri. La tête inclinée, la joue soutenue par le poing, son père la regardait, du fond de la toile, avec une expression impassible. C'était la photographie de sa table de chevet, agrandie aux proportions humaines, coloriée, vivifiée, hallucinante. M. Poirier avait détaillé minutieusement chaque mèche de cheveux, chaque rayure de la chemise et, semblait-il, chaque grain de la peau. Dans ce visage rose et lisse, les yeux, marqués d'un point brillant à la courbe de la prunelle, rappelaient, par leur fixité, le regard que l'on voit aux oiseaux nocturnes. Un cadre doré, à grosses moulures, enfermait le tableau. Il y eut un silence de stupéfaction. Ensuite, grand-père fit une aspiration profonde pour refouler ses larmes et raffermir sa voix.

– Eh bien, mon cher, que vous dire? murmura-t-il. C'est superbe! Vous avez non seulement saisi la ressemblance, mais donné·plus de vie à la peinture que n'en avait la photographie familiale dont vous vous êtes inspiré!

Grand-mère, elle aussi, se retenait de pleurer. Son visage hésitait entre le désarroi et le bonheur, la douleur et la gratitude.

– Oui, oui, balbutia-t-elle enfin. C'est tout à fait Bernard. Merci! Merci du fond du cœur!

Elle serra les mains du peintre. M. Poirier, épanoui, hochait la tête sous les fleurs. Tante Madeleine, le lorgnon embué, renchérit d'une voix brisée :

– C'est merveilleux et terrible à la fois de le revoir ainsi!

– J'ai suivi vos indications pour la couleur des cheveux, dit M. Poirier en se tournant vers grand-mère. Ne sont-ils pas trop clairs?

– Absolument pas, dit-elle.

– Peut-être un peu, tout de même, dit grand-père.

Grand-mère se fâcha :

– Evidemment, vous allez me contredire, Hippolyte! Sachez que je me souviens parfaitement de la couleur des cheveux de mon fils. Ils étaient châtains, avec des reflets auburn, comme sur le tableau. N'est-ce pas, Madeleine?

Prise à témoin, tante Madeleine bredouilla :

– Je le crois... en effet...

Grand-père lui lança un regard tristement sarcastique et, s'approchant de Sylvie, demanda :

– Et toi, Sylvie, qu'en penses-tu? On ne t'a pas entendue!

Depuis le début de la conversation, Sylvie ne pouvait détacher son regard de la toile. A distance, les yeux de son père lui versaient une lumière froide qui la paralysait. Naguère, devant la photographie, elle se sentait libre d'aller, de venir, de penser. En revanche, devant ce portrait grandeur nature, en couleurs, elle était comme devant un juge qui savait tout d'elle et ne l'aimait pas. Un frisson courut sur son échine. Elle songea à l'affreuse Annette Cordier qui, un jour, lui avait glissé un ver de terre dans le cou. Intrigué par son silence, grand-père revint à la charge :

– C'est un beau cadeau que M. Poirier nous a fait là, n'est-ce pas, Sylvie?

– Non, dit-elle avec effort.

– Comment cela? s'écria grand-mère. Ce portrait ne vous plaît pas, Sylvie?

– Non.

– Mais pourquoi?

– Il a l'air méchant, dit Sylvie.

46

Et soudain une colère l'envahit. Contre le peintre, contre Mme Poirier, contre grand-mère, contre grand-père, contre tante Madeleine. Ils s'étaient donné le mot pour la faire souffrir.

— Vous dites des sottises, gronda grand-mère. M. Poirier a pris la peine de faire un portrait superbe de votre pauvre papa, et vous, au lieu de le remercier, vous osez... Vous allez immédiatement lui présenter des excuses!

— Laissez donc! dit M. Poirier avec un sourire magnanime. C'est une enfant!

— Je vous en prie! Son attitude est inadmissible! Eh bien, j'attends, Sylvie!

Les mâchoires de Sylvie se crispèrent. Sa tête se vida de tout vocabulaire aimable. Elle avait l'impression qu'elle ne pourrait plus jamais dire autre chose que non. Et, en effet, avec détermination, elle prononça :

— Non, grand-mère.

Les yeux de grand-mère étincelèrent derrière les verres bombés de ses lunettes. La verrue trembla sur sa joue gauche.

— Montez dans votre chambre, dit-elle. Vous vous passerez de déjeuner.

Soulevée par les larmes comme par une vague, Sylvie se précipita hors du salon, grimpa l'escalier sonore et se retrouva couchée, à plat ventre, sur la carpette, au pied de son lit, avec l'ours Casimir dans ses bras. Elle ne se révoltait pas contre la punition. Bien mieux, elle la jugeait méritée. Mais elle ne pouvait tout de même pas, pour complaire aux grandes personnes, déclarer qu'elle aimait ce portrait alors qu'il lui faisait horreur. Sous les traits de son père, c'était un étranger qui avait pénétré dans la maison. Personne ne s'en rendait compte, hormis elle. Pleurant et soupirant, elle entendait, venus d'en bas, un brouhaha de voix, le tintement des couverts. Le pas lourd d'Ernestine, allant de la cuisine à la salle à manger, faisait craquer le plancher du palier. Une bonne odeur de gigot filtrait sous la porte. L'estomac creux, Sylvie se demandait quand et comment son exil prendrait fin. Elle rêva d'une arrivée inopinée de maman, qui donnait tort à grand-mère, renvoyait M. Poirier avec son tableau, couvrait sa fille de baisers et, lumineuse, parfumée, impondérable, l'emmenait au restaurant pour manger des gâteaux à la crème. Quelle belle journée elles passeraient ensemble, loin de toutes ces vieilles gens! Dressée sur ses coudes, Sylvie tendit l'oreille, jouant à croire qu'un coup de sonnette allait retentir d'une minute à l'autre, suivi d'exclamations de bienvenue : « Mon Dieu, Juliette! Quelle surprise! Vous auriez dû nous prévenir! » Mais les seuls bruits qui montaient du fond de l'appartement étaient ceux du repas. Les convives devaient attaquer la charlotte. Ernestine penserait-elle à en garder un peu pour ce soir? Soudain, les craquements du plancher se rapprochèrent, la porte s'ouvrit, grand-mère parut. Elle avait un visage dur.

– Avez-vous réfléchi? dit-elle.

– Oui, balbutia Sylvie.

– M. Poirier insiste pour que vous veniez à table. Je compte sur vous pour faire oublier votre insolence par les marques d'un regret sincère. Suivez-moi.

En pénétrant dans la salle à manger, Sylvie

sentit tous les regards qui tombaient sur elle, comme un filet aux mailles serrées. Prisonnière des grandes personnes, elle devait accepter leur loi. Elle fit le tour de la table, embrassa tout le monde, mais ne présenta pas d'excuses particulières à M. Poirier. D'ailleurs, il paraissait très content comme cela. L'incident était clos. La conversation reprit, animée, autour des verres de vin blanc. Assise au bout de la table, Sylvie reçut sa portion de charlotte. Nul ne s'occupait plus d'elle. La porte du salon était ouverte à deux battants, derrière son dos. Elle se retourna et, par l'embrasure, aperçut le tableau sur sa chaise. Un regard de fer la transperça. Vite, elle revint à son assiette. Ce qu'elle mangeait n'avait pas de goût. Etait-ce salé, sucré? Quelle importance? Elle essaya de s'intéresser à ses voisins. De vieilles bouches s'ouvraient autour d'elle pour mastiquer, pour boire, pour parler. Un bourdonnement de mots la cernait, tel un essaim de guêpes. Il fut question d'art et M. Poirier dit avec force que le peintre était l'esclave et non le maître de la nature, qu'il devait copier dans l'humilité et non inventer dans l'orgueil. Puis, on évoqua les difficultés du ravitaillement. Le rétablissement de la carte de pain, au début de l'année 1946, avait surpris. La viande manquait et les prix grimpaient. Le charbon était rare. Depuis que le général de Gaulle avait quitté le pouvoir, tout allait de mal en pis. Les trafiquants du marché noir s'en donnaient à cœur joie. Cette expression de « marché noir » intriguait Sylvie, bien qu'elle en connût le sens. Elle imagina des nègres transportant des colis sur les épaules dans un souterrain. De nouveau, elle se retourna. Son père ne la quittait pas des yeux. Il ne mangeait pas, il ne buvait pas, il ne parlait pas. Mais il entendait tout, il voyait tout. Pourquoi était-elle seule à souffrir de cette présence? Grand-mère rayonnait, comme si on lui avait rendu son fils.

Le café fut servi au salon. Mme Poirier insista pour donner quelques tickets de pain. Cela ne la gênait pas, disait-elle. Ce mois-ci, elle était « au large ». Grand-mère refusa avec hauteur. Puis, tout le monde discuta de l'endroit où l'on pendrait le tableau. De l'avis général, il fallait lui réserver une situation d'honneur, sur le mur, au-dessus du canapé. On enleva la peinture qui s'y trouvait – une dame en costume Louis XV avec une abondante perruque – et, à la place, grand-père et M. Poirier présentèrent, à bout de bras, le nouveau portrait. L'effet fut saisissant. D'emblée, papa fut comme chez lui. De son poste élevé, il régnait sur la pièce. Ernestine apporta un marteau et des crochets. Grand-père écarta le canapé du mur et grimpa sur un escabeau. Grand-mère le guidait de ses conseils :

– Un peu plus bas... Plus à droite. Non, là, c'est trop, Hippolyte... Vous le faites exprès... Ecoutez donc ce que je vous dis!

Il planta le crochet, pendit la toile, rectifia son aplomb en tirant sur la ficelle de support, descendit de l'escabeau et repoussa le canapé contre le mur. C'était fini. L'assistance jubilait. Sylvie se dit qu'une nouvelle épreuve commençait pour elle. Désormais, il lui faudrait apprendre à vivre sous l'œil de cet intrus. Tant pis : elle s'arrangerait pour éviter le plus possible de venir au salon.

M. Poirier avait rapporté, dans une enveloppe, la photographie qui lui avait servi pour peindre sa toile.

– Je vous restitue votre bien, dit-il à grand-mère.

Sylvie retourna dans sa chambre et s'assit au bord du lit. Elle resta là, longtemps, hébétée, sans tristesse et sans joie. Il faisait déjà sombre lorsque Ernestine vint la chercher pour saluer M. et Mme Poirier qui partaient. Mme Poirier, tenant la bâche pliée sous son bras, se courba au-dessus de Sylvie pour l'embrasser. M. Poirier fit de même. Sa grosse moustache la piqua. Elle pensa à une brosse à ongles.

**4**

Eveillée plus tôt que de coutume, Sylvie écouta dans l'ombre craquer le parquet. Comme d'habitude, grand-mère était déjà debout. Elle se levait à l'aube, avant tout le monde, pour aller à la messe de six heures. Sur le point de se replonger dans le sommeil, la fillette ressentit un besoin pressant, sauta à bas du lit et courut aux toilettes, qui se trouvaient sur le même palier. En sortant du réduit, après avoir tiré la chaîne de la chasse d'eau, elle s'approcha de la porte ouverte sur la salle de bains et jeta un regard à l'intérieur. Grand-mère, en ample chemise de nuit blanche, la tête inclinée, le chignon défait, se brossait les cheveux devant la glace. Ils pendaient sur le côté, en rideau roussâtre. Leur longueur et leur lustre étonnèrent Sylvie. Vieille par le visage, grand-mère était jeune par la chevelure. Sa brosse glissait avec vigueur sur cette toison opulente. Apercevant le reflet de sa petite-fille dans le miroir, elle fronça les sourcils et demanda :

– Que faites-vous là ?

– J'étais allée au petit coin, dit Sylvie.

– Retournez vite vous coucher. Il n'est pas l'heure...

Mais Sylvie demeurait clouée, fascinée.

– Ce qu'ils sont beaux, vos cheveux, comme ça! dit-elle.

Grand-mère parut fâchée de cette remarque, ne répondit rien et se mit en devoir de tresser rudement sa chevelure. Les nattes entrelacées, tordues, formèrent bientôt un serpent souple qu'elle enroula sur sa nuque et fixa avec des épingles. Une fois le chignon en place, elle redevint inaccessible. Elle n'avait plus d'âge. Ses seules fonctions étaient de diriger, de prier, de gronder. Sylvie le regretta et battit en retraite.

Inutile de chercher à se rendormir avec, dans les yeux, la vision de grand-mère en négligé du matin. Elle l'entendit, de son lit, partir pour l'église. A son retour, grand-mère gourmanda Ernestine qui n'avait pas encore préparé le petit déjeuner.

Sylvie allait prendre le chemin de l'école, l'estomac lesté d'une tartine de confiture, quand la femme de François, Lucienne, vint chercher son lait à la cuisine. D'habitude, elle se présentait en fin de journée. Elle se justifia devant grand-mère :

– Je n'ai pas pu, hier soir, madame. Mon dernier a eu des vomissements. Ce matin, ça va mieux. Je ne viens pas trop tard?

– Mais non, ma brave Lucienne, dit grand-mère. Vous savez bien que nous vous gardons toujours votre lait.

– Oh! merci, madame! balbutia Lucienne.

Qu'est-ce que je ferais sans vous? Vous êtes si bonne pour nous tous!

C'était une créature menue, maigre, au museau pointu de souris, dont le ventre ballonné saillait entre les pans d'un vieux manteau gris de grand-mère attaché par un seul bouton sur la poitrine. Sylvie savait que, dans ce ventre, se cachait un petit enfant. Le sixième. Grand-mère disait que c'était trop, qu'il fallait s'arrêter. Mais comment pouvait-on s'arrêter, puisque les bébés étaient envoyés par le bon Dieu?

Lucienne sortit avec Ernestine et Sylvie. Elles prirent ensemble la direction de la vieille ville. Lucienne marchait en canard, les jambes écartées, la bedaine en avant. Lorsqu'elle eut disparu dans une rue transversale pour rentrer chez elle avec sa boîte à lait, Sylvie demanda à Ernestine :

— Quand va-t-elle l'avoir?

— Bientôt.

— Comment il sortira?

A ces mots, Ernestine fit un visage mécontent et dit d'un ton sec :

— Un jour, le ventre se dégonflera et le petit sera dans son berceau, voilà tout!

Cette explication laissa Sylvie songeuse.

A l'école, elle eut très peur, car elle n'avait pas appris sa récitation. Mais elle eut la chance de n'être pas interrogée. Elle en remercia Dieu par une courte prière mentale, à sa sortie de classe. Ernestine, qui l'attendait sur le trottoir, était tout agitée : François avait bu plus que de raison, était tombé dans la cour et s'était « fendu le crâne ».

— Il a dû aller chez le pharmacien pour se faire

panser, dit la bonne. Votre grand-père est furieux.
Il va peut-être le renvoyer!

– Oh! non, pas ça! s'écria Sylvie.

Et elle se mit à courir vers la maison. Quand
elle pénétra, en coup de vent, dans le bureau,
François se tenait debout, penaud, sa casquette à
la main, devant grand-père qui trônait, sévère, à
sa table de travail. François portait sur le front un
pansement blanc, rectangulaire, collé par du spa-
radrap. Son nez parut à Sylvie plus poreux et plus
violacé que les autres jours. Tante Madeleine,
rivée à sa machine à écrire, fit signe à Sylvie de
s'en aller. Mais la fillette restait sur place. Elle
voulait voir la suite.

– Laisse-nous, Sylvie, dit grand-père d'un ton
bref.

Alors seulement, elle consentit à obéir et
repassa la porte. Désolée, elle imaginait le départ
de François, tête basse, chassé du paradis, le
désespoir de sa femme privée de gagne-pain, ses
cinq enfants – bientôt six! – réduits à mendier
dans la rue. Quand grand-père remonterait pour
le déjeuner, elle le supplierait de pardonner au
malheureux. Elle en parla à grand-mère qui lui
donna raison : on ne pouvait plonger ainsi une
famille entière dans le dénuement. Mais elles
n'eurent pas le temps de plaider la cause de
François. Dès les premiers mots, grand-père les
arrêta.

– Je n'ai jamais eu l'intention de le congédier,
dit-il. Seulement, il mérite une leçon. Je lui ai
sérieusement lavé la tête!

Sylvie se figura grand-père penché sur François
et lui savonnant, à pleins doigts, le cuir chevelu.

Cette image la transporta de joie. Grand-mère aussi paraissait satisfaite. Tante Madeleine déjeunait à la maison. Elle avait un appétit d'oiseau et prenait des gouttes avant le repas. A table, il fut encore question de François et de son penchant pour la bouteille.

— Je suis sûr qu'il recommencera, dit grand-père. C'est un alcoolique invétéré!

— Et moi, je suis sûre qu'il s'amendera, dit grand-mère. Puisqu'il vous a promis...

— Oh! les serments d'ivrognes...! soupira grand-père avec un geste en vrille de la main.

Après le déjeuner, il dégusta, avec son café, un petit verre de verveine du Velay et alluma un cigare. Sylvie escalada ses genoux. Il était savant, il était fort, il était juste. Elle aimait respirer sur lui l'odeur du tabac.

Le soir, il y eut, à la maison, un autre événement d'importance. En rentrant de classe, Sylvie trouva grand-mère furieuse et désespérée tout ensemble, parce qu'elle avait fait tomber ses lunettes en les nettoyant. Un verre était fendu. Tante Madeleine la pressait de le faire remplacer par l'opticien du Puy, M. Lémure, qui était si capable. Mais grand-mère s'obstinait dans le refus. On eût dit qu'il lui plaisait d'être ainsi gênée dans sa vision. Elle acceptait cet inconvénient comme une pénitence chrétienne.

— C'est très bien ainsi, disait-elle. Je suis à peine incommodée. Je m'habituerai.

Et, ses lunettes brisées sur le nez, elle promenait autour d'elle un regard approximatif.

— Vous êtes ridicule, Clarisse! lui dit grand-père.

– Je sais, Hippolyte, répliqua-t-elle d'une voix métallique. Vous me l'avez dit assez souvent!

Pressentant un orage, Sylvie regagna sa chambre.

Le surlendemain, grand-mère se rendit chez l'opticien pour faire réparer ses lunettes. Elle avait tenu deux jours.

## 5

Vingt et unième sur vingt-trois. Sylvie remâchait cette triste nouvelle en revenant, avec Ernestine, à la maison. Elle n'était pas surprise, mais préoccupée. En annonçant la chose tout de go à ses grands-parents, elle risquerait de provoquer chez eux un choc et, qui sait, par contrecoup, l'idée d'une punition nécessaire. Or, avec la permission de grand-mère, elle avait invité Martine Dédorat demain, jeudi, pour le goûter. La plus élémentaire prudence exigeait qu'elle attendît d'avoir passé cet après-midi avec son amie pour révéler à la famille sa mauvaise place en composition française.

Des gamins couraient dans la rue et s'escrimaient bêtement avec des règles. Visiblement, ils se prenaient pour des mousquetaires. Comme elle les dépassait, ils lui crièrent des plaisanteries. Elle les méprisa. Ils appartenaient au monde de la turbulence et de la niaiserie garçonnières. Au milieu de leurs quolibets, elle se sentait superbement fille, avec ses cheveux longs et ses idées douces.

A peine rentrée, elle alla voir Toby, dans la

cour. Il l'accueillit par des bonds de joie. Des manœuvres, portant des sacs sur leur dos, chargeaient un camion. Un boulet de charbon roula à terre. Sylvie le ramassa, le lança, et Toby le rapporta dans sa gueule, aussi délicatement que s'il se fût agi d'un gibier. Dix fois, elle recommença le jeu, puis elle s'accroupit sur une marche et pressa le chien contre ses genoux. Comment grand-père et grand-mère, qui étaient si bons, ne comprenaient-ils pas qu'il y avait de l'injustice à le laisser dehors? Quand elle serait grande, elle aurait deux chiens, non, six chiens, et ils coucheraient tous dans sa chambre. Des chats aussi. Et des oiseaux. Une immense villa pleine de bêtes, au bord d'un lac. Ernestine vint la chercher dans son domaine, parmi le clapotis des vagues et les cris des cacatoès. Grand-mère l'appelait dans le salon pour la lettre à maman. Cette fois, le travail se déroula sous l'œil vigilant de papa qui, du haut de son cadre, observait la scène. Troublée, Sylvie fit plus de fautes que d'habitude.

— Malgré les leçons de tante Madeleine, vous ne progressez pas, vous reculez! grommela grand-mère. Que dit votre maîtresse?

— Rien.

— Ne deviez-vous pas avoir une composition française, cette semaine?

— Si.

— Avez-vous les résultats?

Sylvie ressentit une brusque chaleur aux joues, comme si la porte d'un four se fût ouverte devant elle. Le cœur battant, elle ravala une gorgée de salive.

– Quels résultats? dit-elle pour gagner du temps.

– Enfin, Sylvie, le classement, les notes...

– Oui, je les ai...

– Alors?

– C'est bien...

– Qu'est-ce que cela veut dire : c'est bien?

Sylvie hésitait. Elle ne pouvait, sans heurter la vraisemblance, se targuer d'un succès scolaire trop remarquable. Prudemment, elle choisit la moyenne.

– Je suis sixième, prononça-t-elle dans un souffle.

Les cieux s'ouvrirent au-dessus de grand-mère. Un rayon de soleil l'éclaira. Exaucée au-delà de ses vœux, elle murmura :

– Quelle bonne nouvelle vous m'apprenez là! Je vous félicite!

Elle attira l'enfant contre sa poitrine, mais sans l'embrasser. Le nez enfoui dans les plis d'un corsage noir, Sylvie avait honte de ces éloges immérités. La crédulité radieuse de sa grand-mère lui rendait son mensonge encore plus pénible. Peut-être même eût-elle préféré un brin de suspicion. Mis au courant de l'exploit de sa petite-fille, grand-père se montra tout aussi confiant et tout aussi chaleureux.

Le dîner fut triomphal. Sylvie eut même le droit, exceptionnellement, de prendre de la moutarde avec son jambon. Devant la mine réjouie de ses grands-parents, elle finissait par croire qu'elle était réellement parmi les premières de la classe. Elle eut du mal à s'endormir. Mais ce n'était pas le remords qui l'agitait. Plutôt la perspective de recevoir, demain, Martine Dédorat. A quoi allaient-elles jouer?

Martine arriva à trois heures de l'après-midi. Blonde, potelée et rose, elle portait un appareil pour redresser les dents. Son admiration envers Sylvie était si vive qu'elle était prête à lui obéir en tout. C'était Sylvie qui inventait les jeux et décidait soudain d'en changer. Docile, extasiée, Martine suivait le train en marmonnant parfois : « Oh! tu exagères! » Elles s'entendaient si bien qu'on avait dû les séparer en classe; elles se rattrapaient en récréation. Après avoir passé les poupées en revue, Sylvie entraîna son amie, sur la pointe des pieds, dans le salon, pour lui montrer « la grande peinture ». Martine fut très impressionnée. Elle aussi trouvait que les yeux du portrait vous suivaient partout.

– Tu n'as pas peur? dit-elle.

– Si, avoua Sylvie. La nuit, il descend de son cadre et se promène dans la maison.

– Alors qu'est-ce que tu fais?

– Je récite une prière.

– Tu ne devrais pas avoir peur, puisque c'est ton père.

– Ce n'est pas mon père. Il fait semblant, mais c'est un autre.

– Qui?

– Le coulissier Nestor, chuchota Sylvie en mettant un doigt sur sa bouche.

Cette appellation bizarre lui était venue subitement à l'esprit, bien qu'elle n'eût jamais connu de Nestor et ignorât ce qu'était un coulissier. A peine eut-elle prononcé ces mots qu'une crainte glacée l'envahit. Comme si, en baptisant cet étranger, elle lui eût donné vie.

— Allons-nous-en, dit-elle.

Et elle ramena son amie dans la chambre. Là, elles jouèrent à la poupée. Sylvie, entourée de ses trois enfants, reçut Martine qui avait amené les siens en visite. On fit la dînette autour d'une table basse, avec des assiettes et des couverts en miniature. Pour corser l'intérêt de la conversation, il fut décidé que Sylvie serait veuve. Devant Martine éplorée, elle parla de son époux qu'elle avait perdu à la guerre et de sa difficulté à diriger seule une si grande maisonnée.

— Vous comprenez, chère amie, à notre époque, c'est trop de soucis pour une femme avec des enfants orphelins et pas de mari. Le ravitaillement, l'école, les dépenses, les domestiques...

Elle entrait si bien dans le jeu qu'une amère tristesse la gagnait à l'idée de son veuvage. Et, en même temps, une certaine fierté.

— Vous avez connu mon mari, je crois? dit-elle.

— Oui, oui, dit Martine. Un petit blond.

— Non. Un grand brun. Il s'appelait Rodolphe. Il montait à cheval, tous les matins. Ses deux chiens, des lévriers, le suivaient dans la forêt. Quand il revenait, il prenait une douche. Puis il mettait une robe de chambre en velours bleu pâle. Et nous nous asseyions devant une table de marbre pour boire de l'orangeade.

— Et que faisait-il comme métier?

— Il jouait du piano. Il écrivait des chansons. Et il les vendait très cher à tout le monde. Nous étions tellement riches qu'il ne savait jamais combien d'argent il avait dans ses poches!

– Comment est-il mort?

– Sous les balles ennemies, dit Sylvie avec superbe.

L'aventure était si belle que Martine voulut, elle aussi, être veuve. Sylvie y consentit. Mais ce fut elle qui inventa l'histoire :

– Tu aurais eu un mari capitaine sur un bateau. Il aurait navigué tout le temps entre la France et la Chine. Et chaque fois, en rentrant, il t'aurait rapporté des coquillages.

– Et des perles? implora Martine.

– Et des perles, concéda Sylvie. Et puis, une nuit, il y aurait eu une tempête, le bateau aurait sombré, et lui avec.

– Alors, on ne l'aurait pas enterré? demanda Martine.

– Non. Il serait resté au fond de l'eau.

– Et le tien, de mari?

– Le mien, c'est autre chose. Il serait au cimetière. Il aurait une belle tombe avec des fleurs dessus. J'irais le voir tous les dimanches, avec mes enfants.

Elle serrait ses poupées contre son flanc et gémissait :

– Ils n'ont plus de papa, les pauvres. Ah! chère amie, vous devez me comprendre!

– Et comment! dit la chère amie. Mais vous avez tout de même de la chance de pouvoir aller au cimetière. J'aimerais bien, moi! Enterré, c'est mieux que noyé!

Grand-mère les interrompit pour le goûter. Ayant avalé en hâte une tasse de lait chaud et une tartine de confiture, elles retournèrent à leurs enfants qui les attendaient dans la chambre. Cette fois, Martine décida que cela ne l'amusait plus d'être veuve. On ressuscita le mari. Mais Sylvie, elle, resta fidèle à son deuil. Elle dénicha même un bout de tissu noir et le mit sur sa tête. Puis, elle ouvrit le placard et montra l'uniforme qui pendait. Martine, qui était très craintive, ne voulut pas le toucher. Sylvie la traita de bête et palpa l'étoffe, caressa du bout des doigts les boutons. Peu après, entendant un pas dans le couloir, elle referma précipitamment le placard et se rua sur les poupées. Les deux fillettes étaient en train de coucher leur nombreuse progéniture en échangeant des propos désabusés sur leurs embarras familiaux lorsque la mère de Martine vint la chercher pour la ramener à la maison.

De tout l'après-midi, possédée par la fièvre du jeu, Sylvie n'avait plus pensé à son mensonge. En se retrouvant le soir, à table, avec ses grands-parents, l'affaire lui revint en mémoire, si brusquement qu'elle en eut le souffle coupé. Ils auraient pu oublier, dans l'intervalle, la prétendue performance de leur petite-fille. Or, on eût dit qu'à la réflexion ils lui attachaient encore plus d'importance que la veille. Grand-père parla d'un « nouveau départ sur le chemin des études ». Grand-mère se félicita que ses prières n'eussent pas été vaines. Et elle ajouta, le visage inspiré :

— Votre papa, qui voit tout de là-haut, doit être fier de vous!

Cette phrase cingla Sylvie tel un coup de fouet. Elle fut sur le point de crier la vérité, mais se retint, brûlée de remords. Tête basse, le sang aux joues, elle subissait comme un supplice l'estime de ceux qu'elle avait dupés. Parce qu'elle leur avait dit qu'elle était sixième sur vingt-trois, grand-père et grand-mère semblaient presque réconciliés dans le bonheur. Jamais elle n'aurait le courage de les détromper. Elle se détestait, elle se mordait les lèvres sous les éloges. Angèle avait préparé un gâteau de riz pour « l'héroïne de la fête », comme disait grand-père. Sylvie crut étouffer en avalant cette friandise indue. En sortant de table, grand-mère la conduisit dans le salon et lui annonça solennellement que, pour l'encourager dans la voie ascendante, elle allait lui remettre un cartable de cuir ayant appartenu à son cher papa, lorsqu'il était jeune garçon. C'était une sacoche à trois compartiments, passablement usagée, avec un fermoir nickelé. Sylvie la reçut, balbutiante, les genoux faibles, sous le regard terrible du coulissier Nestor.

– Vous prendrez ce cartable pour aller en classe, dit grand-mère. Je ne pouvais vous faire de meilleur cadeau.

Sylvie remercia, les larmes aux yeux. On mit sa confusion sur le compte de la joie. Comme sa lettre à maman n'était pas encore partie (« Une chance ! » disait grand-mère), on lui fit ajouter trois lignes, au bas de la page : « J'esper que tu serra contante de savoir que je suis sixième en français. » Nul ne parut surpris par les fautes de celle qui venait d'être sacrée bonne élève et grand-mère la confia à Ernestine pour la toilette du soir. Exténuée par les émotions, Sylvie se laissa laver et essuyer dans un état voisin de l'inconscience.

Plus tard, agenouillée au pied du lit à côté de grand-mère, elle implora Dieu, mentalement, de tout arranger en un tournemain comme il savait le faire. Mais sa prière, bien que lancée au ciel avec ardeur, ne dépassait pas le plafond. La lampe éteinte, la porte refermée, elle se recroquevilla, désolée, sous les couvertures. Dans les ténèbres, son tourment augmenta. Les yeux écarquillés sur les vitres rougeoyantes de la salamandre, elle entendit grand-mère, puis grand-père qui allaient se coucher. Ils avaient chacun leur chambre, sur le même palier, où trônait l'armoire à linge. Elle se sentit très seule. Son secret lui écrasait la poitrine. A moins que ce ne fût le gâteau de riz qu'elle ne digérait pas. Les minutes passaient, lentes et lourdes, sans lui apporter le moindre réconfort. La vieille bâtisse respirait, craquait de toutes ses jointures. Tout à coup, un sourd roulement secoua la nuit. Un camion de livraison qui pénétrait sous le porche. A cette heure? C'était peu probable. Non, le tonnerre. D'abord lointain, il se rapprochait dangereusement. Par l'interstice des volets, un éclair illumina la chambre. Puis un autre. La colère du ciel se déchaînait au-dessus de la maison. Immédiatement, Sylvie se dit qu'elle seule était visée. Le Seigneur donnait de la voix pour la punir d'avoir menti à ses grands-parents. Elle enfouit la tête sous son drap, pensant échapper ainsi au châtiment suprême. Mais le vacarme s'amplifiait. Une pluie drue fouettait les volets. D'une seconde à l'autre, les murs allaient voler en morceaux. Le regard de Dieu entrerait dans la pièce. Ou le regard de papa, furieux d'avoir pour fille une tricheuse. A demi morte de peur, Sylvie se demandait auprès de qui chercher refuge dans ce déchaînement électrique. Entre deux éclairs, elle sauta à bas du lit, dans sa longue chemise, chaussa ses pantoufles et sortit, légère comme un souffle. L'escalier, qui plongeait vers la porte d'entrée, avait la particularité de grincer sinistrement sous les pas. De degré en degré, se précisait une musique plaintive. Ce bruit, pensa Sylvie, risquait de réveiller grand-père ou grand-mère. Quelle explication leur donnerait-elle s'ils la surprenaient? Heureusement, elle connaissait chaque marche. Evitant celles dont le bois gémissait le plus, elle descendit l'escalier à grandes enjambées acrobatiques et se retrouva sous le porche. De là, elle observait la cour, sous la pluie. Un instant, elle resta étonnée devant ce désert de pavés noirs et mouillés. Puis, les épaules rondes, elle se précipita vers la niche, empoigna Toby par son collier et le tira dehors. Inquiet, il se laissa traîner, le cou tordu, les jarrets pliés, l'arrière-train fautif, rasant la terre. Elle l'encourageait dans un chuchotement :

– Allons, viens, viens, Toby, mon Toby! Viens vite!

La pluie lui trempait les cheveux et coulait dans son dos. Elle grelottait de froid. Une fois revenue dans sa chambre, elle se glissa au fond du lit, frissonnante, fit monter le chien à côté d'elle et rabattit sur eux la couverture. L'orage continuait, avec ses coups de canon et ses lueurs spasmodiques, mais elle avait moins peur. De tous ses muscles, elle serrait Toby contre sa poitrine. Il était chaud; il sentait fort le pelage mouillé, la paille; il était vivant; il l'aimait; il la comprenait; il la plaignait. Elle le couvrit de baisers. La truffe froide et humide respirait tout contre sa joue. Elle alluma la lampe de chevet. Sur le museau allongé de Toby, de minuscules points noirs se déplaçaient vivement : des puces. Par dizaines. Sylvie voulut en attraper une entre deux doigts. D'un bond, la puce lui échappa et se perdit dans les plis de sa chemise de nuit. Elle essaya d'en pourchasser d'autres, qui, elles aussi, s'affolèrent, disparurent, ayant peut-être choisi d'émigrer sur elle. Subitement, elle ressentit une démangeaison suspecte à la hauteur du ventre, sur les bras, sur les cuisses et se gratta à pleins ongles. Toby la regardait de ses bons gros yeux dorés, débordant de candeur et d'amour. Il n'avait jamais été à pareille fête. Sa queue battait rudement sous le drap. Oubliant les puces, Sylvie l'étreignit de nouveau avec frénésie. Elle lui parlait à voix basse :

— Mon petit Toby, à moi... Personne ne nous séparera jamais... Si nous sommes trop malheureux ici, nous nous en irons tous les deux...

Les pleurs l'étranglaient. Elle respirait par saccades. Et Toby léchait les larmes sur ses joues. Auprès de lui, elle se sentait à la fois désespérée et en sécurité. Il la protégeait contre la foudre du ciel et les reproches des hommes. Elle éteignit la lampe et, alors, elle n'eut plus un chien dans ses bras, mais quelqu'un de très intelligent, de très doux, de très fort. Quelqu'un qu'elle avait perdu, deux ans auparavant, et qui revenait pour la consoler. Non pas le coulissier Nestor, tel qu'il était, figé et redoutable, sur le portrait du salon, mais son vrai papa, dont elle se souvenait si mal. Un bonheur triste l'envahit. L'orage s'éloignait. Elle s'assoupit, rassurée, et décida de se réveiller dans une heure pour ramener Toby à sa niche sans alerter personne. Mais elle dormit d'une traite jusqu'au matin.

Grand-mère la tira de son sommeil en ouvrant les rideaux.

– Eh bien, paresseuse! dit-elle en s'approchant du lit.

Et elle écarta, d'un geste autoritaire, la couverture. La vue du chien couché, tout penaud, contre Sylvie lui fit pousser des clameurs. Les oreilles aplaties, la queue entre les jambes, Toby sauta à terre et détala, honteux, par la porte entrebâillée.

– Il ne faut pas le gronder, dit Sylvie. Je l'ai pris parce que j'ai eu peur du tonnerre.

Cette explication ne suffit pas à calmer grand-mère. Elle cria que ce chien était sale, qu'il sentait mauvais, que sa petite-fille était folle de l'avoir introduit dans la maison, dans son lit, qu'il avait sûrement laissé des puces partout, qu'il fallait changer les draps, le matelas. Bousculée, Sylvie se hâta de faire sa toilette, de s'habiller et d'avaler son petit déjeuner pour ne pas manquer la classe. Au moment de glisser ses livres et ses cahiers dans le cartable qui avait appartenu à son père, elle se ravisa. Elle se jugeait indigne d'un tel honneur. Pour ne pas augmenter sa faute, elle devait, pensait-elle, reprendre le vieux cartable, témoin de ses échecs scolaires. Déjà, grand-mère la poussait vers la porte. D'habitude, c'était Ernestine qui l'accompagnait. Cette fois, grand-père, rasé de près, solennel et souriant, annonça qu'il avait affaire en ville et qu'il conduirait lui-même Sylvie à l'école.

Marchant sur le trottoir, la main dans la main de son grand-père, elle essaya de détourner la conversation en parlant de l'orage qui l'avait tant effrayée.

– Tu aurais dû venir me voir au lieu d'aller chercher Toby, dit grand-père.

– Je n'ai pas osé, dit Sylvie. Vous avez vu ces éclairs?

– Oui, ils étaient superbes. Sais-tu que c'est très rare, un orage d'hiver?

– Ah oui? balbutia-t-elle.

Elle pensa que, dans ces conditions, le doute n'était plus possible : le déchaînement du ciel lui était bien destiné personnellement, tel un magistral rappel à l'ordre. Une petite pluie fine embuait la ville autour d'elle. Le parapluie de grand-père oscillait au-dessus de sa tête. Elle se traita de dissimulatrice. Pourrait-elle continuer tout au long de son existence avec cet affreux mensonge dans le cœur, comme un ver dans un fruit? Mais non, un jour ou l'autre, le carnet scolaire apporterait la preuve de son horrible supercherie. Comment n'y avait-elle pas songé plus tôt? Une terreur panique la saisit. Elle s'arrêta de marcher, leva les yeux sur grand-père et dit d'une voix faible :

– Je ne suis pas sixième, mais vingt et unième.

Elle crut que l'orage allait reprendre. Mais grand-père restait très calme. Avait-il seulement entendu? Au bout d'un moment, il dit d'un ton moqueur :

— Qu'est-ce que tu me chantes là? Vingt et unième? Ainsi, tu nous as trompés, ta grand-mère et moi?

— Oui...

— Pourquoi?

— Pour que Martine Dédorat puisse venir, jeudi. Autrement, grand-mère m'aurait punie.

— Et maintenant, qu'est-ce que tu vas faire?

— Je ne sais pas.

Il clappa légèrement de la langue à plusieurs reprises.

— Il faudra tout avouer à grand-mère, dit-il.

Et il fronça les sourcils. Mais ses lèvres tressaillaient, comme s'il avait eu du mal à garder son sérieux. Une flamme de malice brilla dans ses petits yeux marron. Sans doute se réjouissait-il à l'idée de l'indignation qui soulèverait grand-mère quand elle apprendrait la vérité. Sylvie appuya sa joue contre la main de grand-père, comme pour quêter sa protection. Il ne fit pas un geste pour l'écarter. Elle en conclut qu'il l'aiderait à résoudre le drame.

— Oh! c'est affreux, grand-père! dit-elle. Je vais me faire attraper!

— Tu l'auras mérité, dit-il avec une rude tendresse. Ah! Sylvie! Sylvie!... Allons, dépêchons-nous! Tu finirais par être en retard!

Il pressa le pas. Courant presque à son côté, Sylvie était à la fois soulagée et déçue. Elle ne comprenait pas que grand-père traitât à la légère une affaire aussi importante. Pour un peu, elle lui en eût voulu de son indifférence.

# 6

Depuis que grand-mère s'était cloîtrée dans sa chambre, toute la maisonnée, excepté grand-père, parlait à voix basse et marchait sur la pointe des pieds. Comme chaque fois qu'elle était gravement contrariée, grand-mère avait « la migraine ». Ce phénomène familial prenait des proportions telles que Sylvie se les figurait sous les espèces d'une pieuvre géante dont les tentacules comprimaient le crâne de la malade. Derrière la porte close, se livrait un combat gigantesque entre cette bête apocalyptique et sa victime, entourée d'images pieuses, de chapelets et de fioles de médicaments. Quand Sylvie avait avoué sa supercherie à grand-mère, celle-ci avait eu un haut-le-corps et s'était écriée : « Mon Dieu! rien ne m'aura donc été épargné! Comment avez-vous pu, Sylvie, offenser ainsi la mémoire de votre père? » La migraine avait immédiatement suivi cette exclamation. Ayant convoqué Ernestine, grand-mère lui avait annoncé qu'elle ne paraîtrait pas pour le dîner.

– Qu'est-ce qu'elle fait, toute seule? avait demandé Sylvie à la bonne.

– Je ne sais pas, avait répondu Ernestine. Elle

est assise dans le noir. Elle ne bouge pas. Je crois qu'elle prie.

Réfugiée dans sa chambre, Sylvie mesurait avec angoisse l'ampleur du bouleversement qu'elle avait provoqué dans la maison. La conscience de sa vilenie lui ôtait toute envie de jouer. Elle se fût volontiers coupé une poignée de cheveux, sur le devant, si elle avait pu ainsi racheter sa faute. Etait-il possible, pensait-elle, qu'après un tel choc la vie reprît un jour son cours normal?

Ernestine l'appela pour passer à table. La porte de grand-mère était toujours fermée. Pas un son ne traversait le battant. Avec componction, Sylvie descendit l'escalier qui craquait et pénétra dans la salle à manger où grand-père l'attendait, assis sous la suspension à grosses boules de cuivre. Il paraissait d'excellente humeur, comme si le plaisir de prendre son repas avec sa petite-fille lui eût fait oublier le honteux motif de leur tête-à-tête. Après avoir distraitement interrogé Sylvie sur son après-midi à l'école, il ouvrit un journal, l'appuya contre une carafe d'eau et se plongea dans la lecture. Sylvie eût aimé lui dire combien elle était malheureuse d'avoir, par son mensonge, causé l'indisposition de grand-mère. Enfermée dans sa faute, elle éprouvait le besoin de s'épancher, de se justifier, de quêter une parole tendre. Mais grand-père semblait tellement intéressé par son journal qu'elle n'avait pas l'audace de l'en distraire. Les yeux fixés sur les feuilles grisâtres, il mangeait machinalement. On eût dit que sa vraie nourriture, c'étaient les lignes imprimées et pas le potage ni l'omelette. Bientôt, un discret crissement de griffes sur le parquet attira l'attention de Sylvie : Toby ! Avait-il été averti par son instinct que grand-mère gardait la chambre ? Il se faufila, par la porte entrebâillée, dans la salle à manger et, la queue frétillante, l'échine aplatie, leva sur grand-père un regard implorant. D'abord, grand-père voulut renvoyer son compagnon de chasse à la niche. Puis, se ravisant, il le caressa. Immédiatement, Toby, pardonné, accepté, se pelotonna sous la table, à côté de Sylvie. Elle quitta ses chaussures et posa ses pieds sur le dos du chien. A travers ses chaussettes, elle sentait le pelage tiède. De temps à autre, elle se baissait pour lui tripoter les oreilles. Ou bien elle lui tendait un bout de pain qu'il happait délicatement dans sa gueule chaude. Grand-père s'était remis à lire. Tout était calme. Sylvie souhaitait que ce repas magique durât toute la nuit. Soudain, Toby bondit hors de sa cachette et se rua vers la sortie. Un pas lent descendait l'escalier. Grand-mère parut sur le seuil, pâle, les yeux gelés derrière les grosses lunettes, les traits taillés dans la pierre. D'une voix atone, elle annonça à Ernestine qu'elle prendrait une assiette de potage. Grand-père lui décocha un regard moqueur et se replongea dans son journal, comme si de rien n'était. Sylvie se ratatina au bord de la table. Ses pieds ne touchaient pas terre. Elle fit glisser ses fesses sur le siège, allongea les jambes et, à tâtons, remit ses chaussures. Le moindre mot maladroit risquant de relancer le drame, elle n'osait demander à grand-mère si elle allait mieux. Au milieu de ce silence énorme, chacun suivait son chemin, grand-père dans la politique, grand-mère dans l'offense, Sylvie dans le repentir. Viendrait-il un moment où ils se rencontreraient de nouveau? Grand-mère avala trois cuillerées de potage avec un air de martyr et dit :

— Hippolyte, je vous demande un peu de respect. Vous lirez votre journal après être sorti de table.

Sylvie rentra la tête dans les épaules. A son tour, grand-père se faisait gronder. Elle savait combien c'était pénible. Mais il avait la peau dure. Sans se troubler, il acheva de parcourir un article qui tenait toute la page, puis, repliant le journal, prononça d'un ton persifleur :

— Voilà, chère Clarisse. Je comprends que vous soyez impatiente de bavarder avec moi. Quoi de neuf?

Grand-mère ne répondit pas, serra les dents et repoussa son assiette. Elle refusa l'omelette et ne voulut pas toucher au dessert. Devant une telle abstinence, Sylvie ne put faire moins que de renoncer, elle aussi, à la compote de pommes dont pourtant elle se régalait d'habitude. Elle aimait surtout les petits grains de sucre caramélisé qu'Angèle ajoutait au plat pour en relever le goût. Tant pis! Grand-père, lui, se servit largement et mangea avec appétit. Mais lentement. Comme s'il avait voulu agacer grand-mère, qui restait assise, le dos raide, devant son assiette vide. Enfin, on se leva de table. Instant fatidique. Placée sous le regard de grand-mère, Sylvie se sentait devenir transparente. Son imposture l'avait transformée en vitre.

— Montez vous coucher, lui dit grand-mère. Vous ferez votre prière sans moi.

Et elle détourna la tête, pour exclure Sylvie de son horizon.

— Bonne nuit, grand-mère, balbutia Sylvie.

Pas de réponse. Bouche cousue, grand-mère n'avait plus de petite-fille. Par opposition, grand-père ouvrit les bras à Sylvie, la souleva de terre et la baisa sur les deux joues. A demi réconfortée, elle passa aux mains d'Ernestine pour la toilette, murmura une courte prière en implorant Dieu de lui porter secours et se coucha frileusement, plus seule que jamais. Au bout d'un moment, l'idée lui vint que Dieu l'avait entendue et qu'en descendant tout de suite dans le salon elle obtiendrait le pardon de grand-mère. Vite, elle se glissa, en chemise et pieds nus, hors de la chambre et s'engagea dans l'escalier. Des éclats de voix l'arrêtèrent à mi-chemin. Une dispute. Elle s'assit sur une marche, dans l'ombre, et prêta l'oreille.

— Et moi, je vous assure que vous faites une montagne d'une peccadille, grognait grand-père.

— Il faut étouffer le mal dès ses prémices, répliqua grand-mère.

— Le mal! Le mal! Vous avez de ces mots!

— Je sais que vous avez toujours eu une notion très élastique de la morale, Hippolyte. Mais je vous demande de ne pas appliquer vos principes déplorables à l'éducation de l'enfant que le ciel nous a confiée. Si nous ne sommes pas très vigilants, cette petite finira par ressembler à sa mère!

Sylvie serra ses genoux dans ses bras et se ramassa en boule pour essayer de moins souffrir.

— Et pourquoi ne voulez-vous pas qu'elle res-

76

semble à sa mère? dit grand-père. Juliette est une femme très bien!

— Ah oui! vous trouvez? s'exclama grand-mère. Cela ne m'étonne pas de vous! Que fait-elle, seule, à Paris?

— Elle gagne sa vie!

— Elle n'en a pas tellement besoin. Elle a très bien vendu le cabinet médical de Bernard. Elle a de quoi voir venir!

— Allons, Clarisse, réfléchissez! Ce n'est pas l'argent qu'elle a pu retirer de cette vente qui lui permettrait de vivre de ses revenus! J'estime qu'elle a eu cent fois raison de se mettre à travailler!

— Comme secrétaire médicale?

— Parfaitement.

— Un métier qui n'en est pas un!

— Mais si! D'ailleurs, elle le faisait déjà auprès de notre fils.

— C'était son mari!

— Qu'est-ce que cela change? Le professeur Borderaz était un ami de Bernard. Juliette a trouvé auprès de lui une occupation intéressante, intelligente, qui l'aide à supporter son chagrin.

— C'est bien ce que je lui reproche. Elle a la mémoire courte pour une veuve.

— Vous n'avez pas le droit de douter de sa peine! cria grand-père.

— Je ne suis pas aveugle, rétorqua grand-mère.

— Si! Et stupide, par-dessus le marché! Vous ne comprenez pas la vie, vous n'aimez pas la vie!

— Comment aimerais-je la vie, avec un fils mort? Cette femme est responsable de tout. Par elle, et par elle seule, le malheur est entré dans notre famille. C'est elle qui a poussé Bernard à s'installer en Haute-Savoie. S'il avait ouvert un cabinet au Puy, comme je le voulais, nous n'en serions pas là. J'ai enterré mon fils deux fois : une première fois lors de son mariage, une seconde fois lors de son décès !

Epouvantée, Sylvie recevait chaque phrase comme un coup. Sans comprendre très bien les griefs de grand-mère, elle se sentait associée à sa maman dans l'opprobre et cette seule pensée suffisait à la désespérer. Elles étaient toutes deux petites. Toutes deux orphelines. Toutes deux coupables. Face à grand-mère, maman, elle aussi, était vingt et unième sur vingt-trois.

Il y eut un long silence. Sylvie imagina les deux adversaires dressés l'un devant l'autre, sous le portrait de papa. Enfin, grand-père dit avec tristesse :

– Vous la détestez. Etrange sentiment pour une femme qui se prétend chrétienne !

– Je ne déteste personne, répondit grand-mère. Juliette aura toujours sa place dans notre maison. Mais la charité n'empêche pas la clairvoyance. J'ai la prétention de savoir juger les gens mieux que vous. Et, comme c'est à moi qu'incombe le soin d'élever Sylvie, je vous prie de ne pas me contredire quand je la punis.

– J'agirai avec Sylvie selon mon idée et non selon vos ordres, dit grand-père. Et je vous conseille de mêler un peu de sucre à votre vinaigre, si vous ne voulez pas nous empoisonner tous. Sur ce, je vais voir mes amis qui m'attendent au café. Bonne nuit, Clarisse.

Sylvie remonta précipitamment l'escalier, en se tenant à la rampe et en posant ses pieds non sur les marches, dont les craquements eussent attiré l'attention, mais dans l'intervalle des balustres. Le temps de se blottir sous les couvertures, et déjà la porte du salon s'ouvrait en grinçant : grand-père sortait, appelé par les lumières de la ville, et grand-mère regagnait sa chambre, avec sa colère, sa piété et sa migraine.

Couchée sur le dos, les mains jointes à hauteur de la poitrine, comme Jésus, paraît-il, souhaite voir les enfants au lit, Sylvie s'exhortait au calme. Mais le tumulte persistait dans sa tête : il y avait donc au monde une personne qui n'aimait pas sa maman, et cette personne était grand-mère. La révélation était si incroyable que, peu à peu, elle en venait à douter de ce qu'elle avait entendu. Sans doute avait-elle mal interprété certaines paroles. Le langage des grandes personnes est semé de mystères impénétrables aux enfants. Demain, tout s'éclairerait, tout rentrerait dans l'ordre. Elle alla chercher Casimir et le serra contre sa poitrine. Mais ce n'était qu'un jouet. Un goût de larmes emplit sa bouche. Autour de sa chambre, s'étendait un univers hostile, peuplé d'ennemis. Elle murmura : « Oh ! maman ! maman ! » La pluie ruisselait sur le toit. Toby devait avoir froid dans sa niche. La salamandre rougeoyait, craquait, allait s'éteindre. Des portes s'ouvraient, se refermaient. Angèle quittait la cuisine pour rentrer chez son fils. Toute la triste maison s'apprêtait au sommeil.

Obsédée par le souvenir de l'altercation que

grand-père et grand-mère avaient eue, la veille, au salon, Sylvie ne pouvait s'intéresser à ce qui se passait en classe. La voix de sœur Cécile, commentant une quelconque règle de grammaire, résonnait très loin d'elle, dans un espace cotonneux. Au lieu de recopier les phrases inscrites au tableau noir, avec obligation d'accorder chaque fois l'adjectif au nom, elle rêvait, paralysée, devant la page vide. Une ombre s'interposa entre elle et la fenêtre. Sœur Cécile, passant le long des tables, s'était arrêtée à sa hauteur. Elle avait un gros ventre et une petite tête. Sous la large coiffe blanche, son visage triangulaire, jaune citron, exprimait une sévérité ironique.

— Sont-ce vos excellents résultats scolaires qui vous dispensent de prêter attention à la leçon, Sylvie Lesoyeux ? dit-elle.

Des gloussements serviles retentirent autour de Sylvie. Toutes ses compagnes ricanaient. Elle avait l'habitude. La punition qui suivit était également dans les règles : privée de récréation. Pendant que ses camarades allaient s'amuser dans la cour, Sylvie resta en classe, avec ordre de copier vingt fois l'infamante formule : « Je baye aux corneilles au lieu de m'instruire. » Elle en était à la moitié de son travail lorsque Martine Dédorat et Annette Cordier se glissèrent dans la salle. Chuchotant et se coupant la parole, elles lui expliquèrent qu'elles venaient consulter le dictionnaire que sœur Cécile rangeait, avec d'autres livres, dans la petite bibliothèque vitrée, à côté de la chaire. Selon Annette Cordier, il y avait, dans ce dictionnaire, au mot « homme », la gravure d'un homme nu. Sylvie ne comprenait pas en quoi la vue d'un monsieur dévêtu pouvait être intéressante pour des filles, mais ses deux camarades paraissaient si affriolées qu'elle voulut, elle aussi, regarder l'image. Elles prirent, sur le rayon du haut, le gros dictionnaire recouvert de toile cirée noire et le feuilletèrent, debout, têtes rapprochées.

– Si quelqu'un vient, tu diras que tu cherchais l'orthographe d'un mot, pour ta punition, souffla Annette à Sylvie.

Et elle annonça triomphalement :

– Haricot, hasard, herbe, homme! voilà...

En effet, sur la page de droite, se dressait un homme nu, avec une serviette autour des reins. Il faisait saillir ses muscles dans une pose avantageuse. Des indications, en petits caractères, l'entouraient, avec des flèches pointées vers les endroits concernés : « Torse, cuisses, abdomen, biceps... » A côté, figurait un squelette, dans la même attitude. Pour lui aussi, le dictionnaire donnait une nomenclature précise : « Crâne, colonne vertébrale, thorax, tibia... » Tandis qu'Annette et Martine s'extasiaient sur l'homme nu, Sylvie était fascinée par le squelette. Etait-ce vraiment ce qui restait d'un corps après qu'on l'eut enterré? Cette frêle charpente d'os articulés, cette caisse à claire-voie en guise de poitrine, cette tête aux orbites vides, au nez troué, aux dents découvertes dans un rictus macabre. Elle frissonna et referma brusquement le livre.

– Qu'est-ce qui te prend? grogna Annette.

– J'entends quelqu'un qui vient, dit Sylvie.

Elle rangea le dictionnaire dans la bibliothèque

et retourna à sa place, pendant que Martine et Annette s'enfuyaient.

Courbée sur son cahier, elle n'avait plus le courage d'écrire. Du bout des doigts, elle se palpait l'avant-bras, les épaules, les côtes et sentait avec répulsion, sous un mince coussin de chair, la dure présence des os. Elle imaginait son propre squelette, assis sur ce banc, au milieu de la salle, et le squelette de sœur Cécile, de grand-mère, de maman, de papa. Une terreur insidieuse l'envahissait. Le tumulte de ses camarades, qui rentraient en classe, la rappela à la vie. Comme elle n'avait pas terminé son pensum, elle reçut un zéro en application. Après quoi, sœur Cécile parla des fêtes proches et invita les élèves à apporter à l'école leurs vieux jouets pour le Noël des pauvres. Sylvie se demanda de quels jouets elle pourrait bien se séparer pour faire le bonheur d'un petit inconnu. Toute une population d'enfants miséreux tendait les bras vers elle. Absorbée dans sa rêverie, elle se laissa bousculer par les élèves qui sortaient de classe.

Le flot pépiant des filles se déversa dans la rue. Sylvie chercha du regard Ernestine, parmi les grandes personnes qui attendaient sur le trottoir. A la place d'Ernestine, il y avait grand-mère, tout de noir vêtue, avec, sur la tête, un étrange chapeau de deuil en forme de chou-fleur. Cette dérogation aux habitudes ne présageait rien de bon. Avec crainte, Sylvie glissa sa main dans la main gantée qui se tendait vers elle. Sans un mot, grand-mère prit le chemin du retour. Marchant à côté d'elle, d'un pas réglé, Sylvie respectait ce silence de condamnation. Mais, comme on dépassait la maison sans s'arrêter, elle demanda :

– Où allons-nous?

– A l'église, dit grand-mère sèchement. Vous allez vous confesser à l'abbé Péricoul. J'ai pris rendez-vous. Il nous attend.

Le cœur lourd, Sylvie se prépara à cette nouvelle épreuve. Avec l'abbé Péricoul, son affaire sortait du cercle de famille pour être portée devant le tribunal de Dieu. Elle avait beau connaître ce prêtre débonnaire qui venait souvent déjeuner à la maison et avait, comme elle, un penchant pour les œufs à la neige, à l'idée de tout lui avouer elle avait l'impression que son péché grossissait devant son nez, tel un ballon qu'on gonfle à pleine bouche. En entrant dans l'église, elle espéra follement que l'abbé Péricoul, malade, renoncerait à l'entendre. Or, il était là, fidèle au poste. Deux vieilles femmes attendaient devant le confessionnal. Agenouillée à côté de grand-mère, Sylvie essaya de se rendre aimable à Dieu en répétant très fort dans sa tête : « Je suis mauvaise! Je suis mauvaise! Punissez-moi! » Quand vint son tour, ce fut avec un sentiment de solennelle terreur qu'elle souleva le rideau et pénétra dans l'étroit édicule où s'ouvrent toutes les consciences. Le petit volet de bois glissa, découvrant les losanges du grillage. Derrière le guichet, l'abbé Péricoul inclina la tête vers sa jeune pénitente. Les genoux sur la planche dure, les mains jointes, Sylvie murmura :

– Bénissez-moi, mon père, parce que j'ai péché.

Ensuite, tout se passa très vite et très simple-

ment. Ayant récité le « Je confesse à Dieu »,
Sylvie, encouragée par la voix chuchotante du
prêtre, énuméra ses péchés, à commencer par
celui de gourmandise et à finir par le plus important, le mensonge à ses grands-parents. La sen-
tence fut légère : deux Pater et deux Ave. En
sortant du confessionnal, après avoir dit son acte
de contrition et reçu l'absolution, Sylvie avait
l'intérieur de la tête dépoussiéré à coups de
plumeau, récuré, luisant comme le salon après le
nettoyage du printemps. Cette propreté était si
agréable qu'elle avait envie de sourire à tous les
saints de l'église. Elle s'agenouilla de nouveau à
côté de grand-mère, sur le prie-Dieu, pour faire
au plus tôt sa pénitence. Quand ce fut fini,
grand-mère lui prit la main et la serra fortement.
C'était le pardon définitif.

Pourtant, à la maison, il fallut encore accom-
plir une formalité pénible : écrire à maman pour
lui apprendre la vérité. Grand-mère sortit le bloc
de papier à bordure noire et s'assit près de sa
petite-fille pour surveiller la rédaction. « Elle
n'est pas vraiment fâchée contre maman, puisqu'elle veut que je lui écrive », pensa Sylvie avec
un élan d'espoir. Son cœur débordait. Par-dessus
tout, elle éprouvait le besoin de réconcilier les
êtres qui lui étaient chers : maman, grand-mère,
grand-père... La tête penchée, les coudes sur la
tablette du secrétaire, elle écrivit :

« Maman chéri, je suis une vilène. J'ai menti.
Je ne suis pas 6e mais 21e. Je suis bien puni.
Pardon. Je t'embrase. »

Elle hésita une seconde et ajouta :

« Grand-mère t'embrase aussi. »

84

Un regard oblique. Grand-mère n'avait pas bronché. Tout s'arrangeait. L'harmonie régnait de nouveau sur le monde.

Le lendemain, pour aller en classe, Sylvie reprit le cartable en cuir de papa.

## 7

Ayant achevé son devoir d'arithmétique, Sylvie descendit pour le montrer à grand-mère et à tante Madeleine qui bavardaient au salon devant une tasse de thé. Qu'avaient-elles tant à se dire, alors qu'elles se voyaient chaque jour? Elles approuvèrent le devoir. Toutes les additions étaient justes. Sylvie était meilleure en calcul qu'en français.

– Comme son père, dit tante Madeleine.

Grand-mère la reprit vertement :

– Qu'est-ce que tu racontes là? Bernard, à son âge, excellait dans toutes les matières!

– Oui, Clarisse, murmura tante Madeleine, fautive.

Grand-mère se calma, rendit le cahier à Sylvie et lui dit, d'un air adouci :

– Puisque vous avez bien travaillé, je vais vous apprendre une bonne nouvelle. J'ai reçu une lettre de votre mère, qui nous annonce son arrivée pour le 23 décembre. Il y a aussi une lettre pour vous.

Propulsée par la joie comme une toupie par le fouet, Sylvie tourna sur elle-même, poussa un cri strident et embrassa grand-mère. La vieille dame la repoussa en disant :

– Eh bien, Sylvie! Quelles sont ces manières de sauvageonne?

Et, ouvrant le tiroir du secrétaire, elle lui tendit une enveloppe, sur laquelle Sylvie lut, avec fierté, son propre nom tracé d'une écriture penchée. A l'intérieur, il y avait une feuille pliée en quatre. Alors que Sylvie écrivait à sa maman sur du papier de deuil, celle-ci lui répondait toujours sur un papier amusant, dont l'en-tête représentait des personnages de contes de fées : le Petit Chaperon rouge, le Chat botté, Cendrillon... Où pouvait-elle bien se procurer ces images? En vérité, elle-même était une fée. Rien ne lui était impossible. S'adressant à sa fille, elle s'efforçait d'écrire d'une façon lisible, en formant bien ses lettres, comme sœur Cécile au tableau noir. Avec avidité, Sylvie déchiffra le message. Maman confirmait sa prochaine arrivée, disait sa joie à l'idée de revoir son enfant chérie, la suppliait de bien travailler pour rattraper son retard, lui demandait des nouvelles de tout le monde, même de Toby, et terminait par une pluie de baisers. C'était signé : « Ta maman. » Un mot qui, à lui seul, contenait toutes les promesses. Sylvie, enthousiasmée, tendit la lettre à grand-mère, qui, n'y voyant rien, demanda à tante Madeleine de la lui lire. A la fin, grand-mère dit, du bout des lèvres :

– Très bien, très bien. Nous avons trois jours pour nous préparer à recevoir votre mère.

D'habitude, Sylvie cédait sa chambre à maman et s'installait dans la petite « chambre à donner », sur le même palier. Elle battit des mains à l'idée du déménagement. Grand-mère but une gorgée de thé et ajouta d'un ton acide :

– C'est Hippolyte qui va être content! Il est si impatient de revoir sa belle-fille!...

– Clarisse! s'écria tante Madeleine. Tu exagères! Que vas-tu imaginer là?

– Je n'imagine rien. J'observe. Notre cher Hippolyte a le cœur sensible. Juliette a pour lui toutes les qualités!

Visiblement, grand-mère eût voulu en dire plus et seule la présence de Sylvie l'empêchait de vider son sac.

– Retournez dans votre chambre, ordonna-t-elle.

Ayant repassé le seuil, Sylvie imagina que, derrière elle, les deux femmes rapprochaient leurs têtes pour continuer la conversation à voix basse. Une fois de plus, grand-mère devait critiquer maman, tandis que tante Madeleine protestait avec mollesse. Cette sourde hostilité était d'autant plus incompréhensible que, devant maman, tout le monde, à commencer par grand-mère, se comportait avec une extrême bonté. Renonçant à percer le secret des grandes personnes, Sylvie chassa cette impression de fausseté en rêvant à de joyeuses retrouvailles sous l'arbre de Noël. Elle alla voir le sapin que grand-père avait apporté le matin même et qui se dressait dans un coin du vestibule, avant d'être solennellement installé au salon. On attendrait maman pour le décorer et arranger la crèche, comme l'année dernière, sur la grande commode.

Assise à croupetons devant l'arbre vert et nu, aux larges branches plongeantes, Sylvie respirait l'odeur résineuse de la forêt et supputait de fastueux cadeaux. Par prudence, elle ne cherchait pas à définir qui les lui apporterait. Tout en sachant très bien que le père Noël était un personnage de légende, elle voulait croire, par commodité, à son existence. C'était maman qui la maintenait dans cette idée, alors que grand-mère supportait mal l'intrusion de ce vieillard à barbe blanche et à houppelande rouge dans son univers chrétien. Pour grand-mère, le miracle de Noël était l'œuvre exclusive du petit Jésus et il était impie d'y associer un bonhomme descendant, avec sa hotte, par les cheminées. Dans l'esprit de Sylvie, en revanche, le petit Jésus et le père Noël faisaient bon ménage. L'un était au berceau, l'autre avait cent ans. Mais tous deux aimaient les enfants et les lumières de la fête. Elle les réunit dans un élan de gratitude. Du bout des doigts, elle ramassa des aiguilles vertes qui étaient tombées de l'arbre sur le parquet. Ernestine la surprit dans cette occupation méticuleuse.

– S'il perd déjà ses aiguilles, il sera tout déplumé pour le 25! dit-elle. Monsieur l'a apporté trop tôt! Et moi qui ai fait les parquets hier! Ah la la!...

L'entretien des parquets était son principal souci. Sous l'œil vigilant de grand-mère, elle les grattait à la paille de fer, les enduisait d'une cire spéciale, les frottait avec une cireuse à pied, en laissant derrière elle une fine odeur de transpiration et de miel. Grâce à elle, les sols des Lesoyeux passaient pour être parmi les plus beaux de la ville. Il n'était pas rare que des invités, pénétrant dans la maison, s'exclamassent : « Ce parquet!

Un vrai miroir! Comment faites-vous, Clarisse? »
Et grand-mère buvait du petit lait.

Ernestine s'arma d'une pelle et d'une balayette
pour ramasser les aiguilles tombées du sapin.
Puis, elle retourna dans la cuisine. Sylvie, désœu-
vrée, remonta dans sa chambre. En passant sur le
palier, devant l'armoire, elle ne put résister à la
tentation de l'ouvrir. Le linge de la maison était
entreposé là, par piles compactes. Il y avait le
bastion des draps, et celui des nappes, et celui des
serviettes... Un parfum champêtre émanait de ces
tissus blanc de neige, à cause des sachets de
lavande qui garnissaient les rayons. Tout était
brodé au chiffre des grands-parents. D'ailleurs,
même les assiettes et les couverts du service
portaient leurs initiales. De la base au faîte, la
vieille bâtisse dégageait une impression d'ordre,
de solidité, de propreté et de tradition. Par contraste, l'existence de maman paraissait à Sylvie
pleine d'imprévu et de légèreté. A Paris, maman
n'avait même pas un appartement à elle. Depuis
deux ans, elle habitait chez une amie, Corinne
Noblet. C'était là qu'il fallait lui écrire. Elle avait
mis les meubles de Sallanches dans un garde-
meubles. Sylvie se disait que maman n'avait
sûrement pas autant de draps, d'assiettes et de
pots de confiture que grand-mère; mais elle se
rattrapait sur les robes. Sans doute en changeait-
elle tous les soirs, pour sortir avec des amis.
Peut-être y en avait-il, dans le nombre, qui
étaient décolletées, avec des paillettes? Debout,
les bras ballants, devant l'armoire à linge, Sylvie
s'élança par la pensée à la rencontre de sa mère,

qui portait un diadème dans les cheveux et tenait à la main une baguette magique.

★

A l'approche des vacances de Noël, les études, en classe, furent délaissées pour la préparation du compliment d'usage aux parents. Sous la surveillance de sœur Cécile, les élèves s'appliquèrent à décorer le pourtour d'une feuille de papier avec des décalcomanies. Au centre de ce cadre imagé, devait figurer une poésie qui, bien entendu, serait ensuite apprise par cœur pour être récitée en famille. Sylvie était très fière de la guirlande de fleurs et de fruits dont elle avait illustré sa page. Sous la caresse du chiffon mouillé, les couleurs brillaient, comme vernies. Elle fut la première à finir son travail. Sa voisine, Arlette Bondu, qui avait choisi comme ornements des tambours et des trompettes, lui proposa un échange. Sylvie refusa. Quand tout le monde fut prêt, sœur Cécile inscrivit au tableau noir la poésie. Elle appuyait sur la craie qui crissait. Sylvie lut avec ravissement :

« Cher papa et chère maman,
« Qui m'avez tant et tant gâtée,
« Je pense à vous d'un cœur aimant,
« En ce très beau jour de l'année.

« O mon Jésus, que votre gloire
« Eclaire à chaque heure mes pas,
« Je veux prier et je veux croire,
« Avec maman, avec papa. »

Les fillettes applaudirent.

— Cela vous plaît? demanda sœur Cécile.

— Oh! oui, ma sœur! cria la classe d'un seul élan.

— Eh bien, vous allez recopier cette poésie sur la page que vous avez préparée. Avec des crayons de couleur, pour que ce soit plus joli.

La voix d'Annette Cordier s'éleva dans le fond de la salle :

— Sylvie Lesoyeux doit la recopier aussi?

— Mais oui! Pourquoi pas? dit sœur Cécile.

— Elle ne peut pas dire : « Cher papa et chère maman », puisqu'elle n'a plus de papa, répondit Annette Cordier.

Un silence suivit. Toutes les têtes se tournèrent vers Sylvie. Devenue point de mire, elle ne savait si elle devait s'enflammer d'orgueil ou fondre en larmes.

— C'est exact, dit sœur Cécile. Je vais aviser. Commencez à recopier la poésie. Sauf Sylvie, pour qui je tâcherai de modifier le premier et le dernier vers. Ce n'est pas facile, parce qu'il faut respecter le nombre de pieds!

Sylvie se demanda ce que tous ces pieds venaient faire dans son jardin. Pendant que les élèves se penchaient sur leurs pupitres, sœur Cécile se plongea dans un délicat problème de métrique. Au bout d'un assez long temps, elle décréta :

— Sylvie Lesoyeux, vous remplacerez, au début, « Cher papa et chère maman » par « Chers grands-parents, chère maman », et, à la fin, « Avec maman, avec papa » par « Chez grand-maman et grand-papa ». Le morceau n'en sera que mieux tourné!

Et elle écrivit les deux nouveaux vers au tableau noir en indiquant au-dessus : « Variante ».

Le terme de « variante » flatta l'amour-propre de Sylvie. C'était elle, assurément, que sœur Cécile désignait ainsi. Orpheline, elle était une « variante » par rapport à ses compagnes qui se ressemblaient toutes. Elle commença à recopier la poésie en agrémentant chaque majuscule d'arabesques aux crayons de couleur. Sœur Cécile passait entre les tables pour inspecter les travaux. Sa démarche était si glissante que, malgré sa corpulence, elle paraissait flotter à quelques centimètres au-dessus du sol. Elle s'arrêta devant Sylvie, s'inclina sur sa page d'écriture et demanda :

– Ça va, Sylvie Lesoyeux?

La question, posée d'une voix très douce, bouleversa Sylvie. Cette subite bienveillance, loin de la consoler, accusait en elle, jusqu'au malaise, la notion de son étrangeté. Elle devait être fort à plaindre pour que sœur Cécile, d'habitude si sévère, lui parlât avec tant de gentillesse.

– Oh! oui, ça va très bien, ma sœur, balbutia-t-elle.

Et elle sentit un picotement dans les yeux. Son nez se gonflait d'eau. Elle renifla.

– Vous avez présenté votre compliment avec beaucoup de goût, reprit sœur Cécile. Votre maman sera contente. Et vos grands-parents aussi. Continuez.

Déjà, sœur Cécile s'éloignait de son pas égal. Tout à coup, Sylvie eut envie de déchirer la page en vingt morceaux. Pourquoi? Elle n'aurait su le dire elle-même. Le besoin de rompre par un coup d'éclat cette atmosphère feutrée. Mais ce sont là de ces choses dont on rêve et qu'on ne fait pas. Au lieu de détruire la feuille de papier historiée, Sylvie s'efforça de soigner davantage son écriture. Pour éblouir maman. Elle n'avait plus d'autre espoir au monde que cette rencontre. Après, pensait-elle, tout deviendrait clair et facile.

En sortant de classe, elle eut une surprise. De légers flocons blancs descendaient en tourbillonnant dans le crépuscule. Autour d'elle, les filles piaillaient de joie :

– Oh! Regarde! Regarde! La neige!

Sylvie ouvrit la bouche pour sentir, sur sa langue, ce goût d'eau pure. Les yeux mi-clos, elle voyait dans la première neige le signe avant-coureur du miracle qu'elle attendait. Quand Ernestine lui prit la main, elle tressaillit comme réveillée en sursaut.

Elles firent un détour pour passer par la place du Breuil, où, aujourd'hui, se tenait la foire. Malgré la neige, la foule y était aussi nombreuse et bruyante que d'habitude. De lourds camions à gazogène, aux bâches délavées, des carrioles à ridelles, des chars à bancs, de vieilles autos cabossées avaient amené les paysans des alentours. Tous les villages de la région se déversaient ainsi, à date fixe, dans la ville. Soudain, on n'était plus au Puy, mais à la campagne. Les hommes portaient de larges chapeaux, des blouses noires évasées en cloche et de hautes bottes. Les femmes emmitouflées, douze fichus épinglés sur la poitrine, criaient leur marchandise d'une voix aiguë. Leurs appels se mêlaient à la plainte désespérée du bétail. Il y avait là de tout, des vaches somnolentes au mufle pesant, des veaux maladroits et têtus tirant sur leur licol, des chèvres barbues aux pattes fines, des porcelets roses et soyeux qui grouillaient et se chevauchaient, des truies énormes au groin fureteur. C'étaient les porcelets surtout qui excitaient la pitié de Sylvie. Après avoir débattu le prix avec le vendeur, l'acheteur lui tapait dans la paume en signe de conclusion, et, saisissant l'animal par l'oreille et la queue, l'emportait vers un chariot en dépit de ses soubresauts et de ses cris stridents.

Ernestine dut tirer Sylvie par la main pour l'arracher à la contemplation attendrie d'un agneau qui tétait sa mère. Un peu plus loin, à l'abri de grands parapluies, des paysannes avaient étalé, sur un lit de paille, les œufs, le beurre, le fromage de leur ferme. L'air, autour d'elles, sentait l'étable et le lait fermenté. Certaines brandissaient sous le nez des passants des poules vivantes, la tête en bas, les pattes liées. De temps à autre, une ménagère s'approchait, palpait la volaille à pleins doigts, hochait le menton, la mine dubitative. Une oie dressait son long cou blanc hors d'un panier. Sylvie voulut la caresser.

— N'y touche pas, mignonne, grogna la paysanne. Elle te pincerait!

Sylvie retira sa main précipitamment. Ernestine connaissait toutes les marchandes. Elle leur parlait en patois. Ce fut à la dernière du rang qu'elle s'adressa pour acheter du bleu d'Auvergne. La femme lui en fit goûter un peu sur la pointe d'un couteau. La bouche mobile, l'œil inspiré, Ernestine acquiesça : on en prendrait une livre. Sylvie eut droit, elle aussi, à une miette de fromage sur la langue. Elle fit la grimace : c'était trop fort, trop piquant. D'ailleurs, ne disait-on pas que ces points bleus dans la pâte blanche étaient de la moisissure? Si c'était vrai, il y avait là de quoi vous couper l'appétit pour la vie. Grand-père, qui raffolait du bleu d'Auvergne, affirmait que c'était le plus sain des fromages. Ce soir, il insisterait pour qu'elle en mangeât. Elle refuserait. Grand-mère donnerait raison à sa petite-fille, rien que pour contredire grand-père. Est-ce que maman aimait le bleu d'Auvergne? Sylvie se le demanda pour le seul plaisir d'évoquer, une fois de plus, la prochaine arrivée de sa mère. Aussitôt, il y eut, dans son cœur, comme un feu d'artifice silencieux. Toute la foire en fut illuminée. Une carriole passa, tirée par un vieux cheval gris. Une grosse femme, debout dans la voiture, tenait les rênes. Derrière elle, dans la caisse, quatre moutons bringuebalaient côte à côte, telles des pelotes de laine bourrue. Ils bêlaient à fendre l'âme. Sylvie se rappela la brebis allaitant son agnelet. N'avait-on pas séparé cet enfant de sa mère?

Les flocons de neige tombaient plus serrés. Ernestine acheta encore, avec circonspection, du beurre, deux tabliers, une écuelle de bois, et, le

96

cabas chargé, reprit, à petits pas boiteux, le chemin de la maison. La neige fondait en touchant le trottoir. Tout se mélangeait dans la tête de Sylvie, les moutons et maman, la compassion et l'allégresse, l'envie de pleurer et celle de hurler sa joie, de jeter son cartable en l'air et de courir, à toutes jambes, au-devant de la vie.

**8**

Prise d'une soudaine angoisse, Sylvie demanda :

– Pourquoi le train n'arrive pas?

– Il a dix minutes de retard, dit grand-père. Ce n'est pas grave.

Son assurance tranquillisa Sylvie. Elle lui savait gré de l'avoir emmenée à la gare, tandis que grand-mère, Ernestine et Angèle s'affairaient à la maison. Pour le déjeuner, on mettrait, selon l'expression d'Angèle, « les petits plats dans les grands ». Le dessert serait une île flottante. Cette appellation poétique ravissait Sylvie. Elle en avait déjà l'eau à la bouche. Depuis ce matin, sa chambre était devenue la chambre de maman, avec une azalée en pot sur la table de chevet. Toute la vieille bâtisse respirait le bonheur. Mais ce train qui n'arrivait pas!... A deux pas de grand-père et de Sylvie se tenait François, le nez gros et l'œil vague. Grand-père l'avait fait venir pour porter les valises. Il y eut un remous parmi les nombreuses personnes qui attendaient sur le quai. Les têtes se tournèrent toutes dans la même direction. Très loin, une locomotive de jouet, noire, minuscule, empressée, glissait à travers un paysage nu et froid. Soudain, devenue énorme, elle entra dans la gare, tel un torrent de fer. Sa cheminée et ses flancs crachaient une vapeur blanche. Les oreilles emportées par le vacarme, Sylvie se serra craintivement contre son grand-père. Le sol tremblait sous ses pieds. La locomotive, aux bielles puissantes, passa lentement devant elle, les premiers wagons défilèrent. Des figures ensommeillées se montraient aux fenêtres. Etait-il possible que maman se trouvât parmi tous ces inconnus? Le train s'arrêta en soufflant et grinçant, les portières s'ouvrirent, les voitures se vidèrent de leur contenu bariolé. Un flot de voyageurs se hâtait vers la sortie. Avec anxiété, Sylvie interrogeait ces visages aux yeux fixes, portés par le même courant.

– Elle n'est pas là! Elle n'est pas là! répétait-elle, désespérée.

Brusquement, la foule s'écarta, tous les étrangers disparurent dans une trappe, il n'y eut plus au monde qu'une femme au regard étoilé qui ouvrait les bras à Sylvie.

– Maman!
– Viou!

Sylvie se jeta contre sa mère avec tant de force que toutes deux chancelèrent. Le bonheur éclatait dans sa tête en fanfare. Elle avait retrouvé sa source. Collée à maman, elle avait envie de s'enfoncer en elle, de se perdre en elle, de la boire. Enfin, elle s'écarta un peu pour la regarder. Le temps d'un clin d'œil, elle nota la redingote noire aux épaules larges, à la taille menue, le sac en bandoulière, les chaussures à semelles compensées en liège. Mais le plus étonnant, c'était ce visage d'une finesse presque irréelle, ces larges yeux couleur de noisette débordant de lumière, ce sourire de tendresse ironique, qui creusait deux fossettes aux commissures des lèvres. Sans conteste, elle était la plus belle femme du monde. Sylvie regretta qu'aucune de ses amies de classe ne fût auprès d'elle pour voir sa maman. Elles en seraient tombées sur le derrière, tout éblouies. Grand-père enleva son chapeau et embrassa délicatement sa belle-fille sur les deux joues. François empoigna la valise, la mallette de maman et partit devant, sans fléchir les épaules. Maman, grand-père et Sylvie lui emboîtèrent le pas. Sylvie avait l'impression que tous les gens, dans la rue, regardaient de leur côté avec sympathie. On fut vite devant le porche.

Toute la maisonnée, y compris tante Madeleine, attendait, sur le pied de parade. Même grand-mère avait le sourire. On aurait pu croire qu'elle était charmée d'accueillir sa bru. Peut-être sa dispute avec grand-père au sujet de maman n'était-elle qu'un cauchemar? Il y eut encore des baisers, des questions, des exclamations. Sylvie conduisit maman à sa chambre, assista au déballage de sa valise, se pâma d'admiration devant les robes, le linge, les pots et les flacons de produits de beauté. Elle l'accompagna même dans la salle de bains et la regarda avec ravissement se laver les mains, se recoiffer, se remaquiller, retendre ses bas. Ensuite, maman alluma une cigarette. Sa façon de fumer était si gracieuse que cela semblait un jeu féminin, alors que, chez grand-père, il s'agissait évidemment d'une nécessité virile, puis-

100

sante comme la soif. Elles sortirent dans le couloir en se tenant par la main. Grand-mère, qui les guettait, dit :

– Vous trouverez un grand changement dans le salon, Juliette. Venez voir!

Et elle amena sa bru devant le portrait. Enfermé dans son cadre doré, la joue appuyée sur le poing, le coude reposant sur un coin de table, papa regardait, avec une expression hostile, sa femme et sa fille, debout en face de lui, toutes deux coupables d'exister. Maman eut un imperceptible froncement de sourcils, sa bouche s'entrouvrit, comme si elle eût manqué d'air, mais elle ne dit mot.

– Comment trouvez-vous ce tableau? demanda grand-mère en dressant le menton.

– Très bien, mère, dit maman d'un ton neutre.

Sylvie la soupçonna d'être déçue, peut-être même effrayée. En outre, cette appellation de « mère », appliquée chaque fois par maman à grand-mère, déroutait la fillette comme une usurpation d'identité.

– N'est-ce pas qu'il est ressemblant? reprit grand-mère.

– Tout à fait, dit maman de la même voix blanche.

– C'est M. Poirier qui l'a peint.

– Ah!

– Il vous plaît vraiment?

– Mais oui.

Maman détourna la tête, sans doute incapable de supporter plus longtemps le regard du portrait.

Puis, avisant le sapin qui avait été transporté dans un coin du salon, elle s'écria :

– Oh! qu'il est beau!

– Nous vous avons attendue pour le décorer, dit grand-mère.

– Eh bien, nous nous y mettrons dès cet après-midi, avec Viou! dit maman. Et Toby, où est-il?

– Dans la cour! dit Sylvie précipitamment. Je vais le chercher!

– Non! s'exclama grand-mère.

– Pour une fois! dit grand-père.

– Rien que cinq minutes, implora maman avec un sourire. Le temps de lui dire bonjour. Dans la crèche que nous allons installer au salon, il y aura bien un âne et un bœuf! Alors, pourquoi pas un chien, en plus?

Grand-mère céda avec humeur. Sylvie partit en flèche et revint, traînant Toby par le collier. Il jappa d'allégresse en reconnaissant la voyageuse. Elle s'accroupit devant lui et subit en riant ses trémoussements et ses coups de langue. Irritée, grand-mère grommelait :

– Cela suffit!... Attention, Juliette!... Il va vous salir!...

– Mais non, mère, laissez! disait maman.

– Pour ce qui est de l'amour des bêtes, Sylvie a de qui tenir! observa grand-père. D'ailleurs, j'estime, ma chère Juliette, que votre fille vous ressemble de plus en plus. De caractère et de visage.

Sylvie se gonfla et rougit de plaisir.

– Moi, je trouve qu'elle ressemble plutôt à son père, dit tante Madeleine.

Les lunettes de grand-mère étincelèrent.

– Pas du tout, dit-elle sèchement.

– Elle ressemble surtout à Sylvie, dit maman. J'ai l'impression qu'elle a encore grandi en quelques mois.

On décida de mesurer l'intéressée. Elle s'appuya du dos au chambranle d'une porte qui, depuis deux ans, servait de toise. Il y avait de légères marques au crayon sur la peinture blanche de la boiserie. Maman appliqua un livre sur la tête de sa fille. Toby aboyait, croyant à un jeu.

– Un centimètre de mieux! annonça grand-père.

– Elle sera encore plus grande que moi, dit maman.

Cela fit rire tout le monde, car maman était petite. En se haussant sur la pointe des pieds, Sylvie se regarda dans la glace du salon. Un visage rond, un nez bref, des cheveux bruns et raides. Elle serait peut-être, un jour, plus grande que maman, mais certainement pas plus jolie! Ernestine emmena Toby. On passa à table. Sylvie et maman prirent place côte à côte. Comme si elles ne devaient plus jamais se séparer.

Le repas servi aux Poirier était une pauvre croustille en comparaison de celui que grand-mère et Angèle avaient préparé pour maman. Foie gras aux raisins. Coq en pâte. Grand-père était descendu à la cave pour en rapporter ses meilleures bouteilles. Il versait le vin avec des gestes lents de prêtre.

– Goûtez celui-ci, Juliette.

Maman goûta, ferma les yeux, dit :

– Quel merveilleux bouquet!

– Enfin quelqu'un qui apprécie ma cave! dit grand-père.

Et cette exclamation eut l'air d'agacer grand-mère. Tante Madeleine demanda si la vie, « dans la capitale », n'était pas trop dure pour une jeune femme seule. Maman parla d'un Paris qui se dégageait lentement des ombres de l'Occupation. Les magasins rivalisaient d'ingéniosité pour présenter, malgré la pénurie, des vitrines attrayantes. Théâtres et cinémas faisaient salle comble. Le marché noir persistant alimentait les restaurants de luxe. La jeunesse redoutait le péril atomique et dansait le *jitterbug*. Grand-père buvait les paroles de maman avec, sur le visage, une expression de curiosité attendrie.

– Vous paraissez vous plaire beaucoup à Paris, ma chère Juliette, dit grand-mère. Peut-être plus que vous ne vous plaisiez à Sallanches!

Le ton était pointu, le regard insidieux.

– Oui, j'aime vivre à Paris, dit maman. Sans doute parce que j'y suis entourée de bons amis. Et puis, mon travail avec le professeur Borderaz est passionnant. C'est beaucoup plus que du secrétariat, vous savez...

– Je sais, je sais, dit grand-mère. D'ailleurs, je ne me fais pas de souci pour vous! Vous êtes si jeune!...

Puis, les grandes personnes parlèrent des derniers événements: la nouvelle Constitution, les récentes élections à l'Assemblée nationale, les échos de la guerre au Viêt-nam, le gouvernement Blum... Sylvie n'essayait même pas de comprendre ce qu'elle entendait. La voix de sa mère

104

résonnait jusque dans son ventre. Cette musique intérieure la berçait, l'engourdissait. De temps à autre, elle se penchait vers maman pour la frôler avec son épaule. Bientôt, succédant aux saveurs truffées du coq en pâte, ce fut l'apothéose crémeuse de l'île flottante. Mais Sylvie avait tellement hâte de se retrouver seule avec sa mère que, malgré l'excellence du dessert, elle fut soulagée lorsqu'on se leva de table. Enfin, après le café pris au salon, grand-père et tante Madeleine descendirent au bureau. Grand-mère conseilla à Sylvie de laisser sa mère, qui avait certainement besoin d'une sieste après un si dur voyage. Or, maman affirma qu'elle n'était pas fatiguée, qu'elle avait été trop longtemps séparée de sa fille pour perdre une heure à se reposer et qu'elles allaient, ensemble, s'occuper de décorer l'arbre de Noël. Sylvie lui sauta au cou pour la remercier d'être si vaillante. Elles riaient toutes deux, en s'embrassant, nez contre nez, « comme des Esquimaux ».

Quand grand-mère se fut retirée dans sa chambre, maman fit apporter par Ernestine les cartons contenant les ornements de l'année dernière pour Noël. Aidée de Sylvie, elle habilla l'arbre, disposant sur ses branches les guirlandes dorées, les chenilles d'argent, les boules neigeuses, les bougies multicolores, les angelots joufflus, les stalactites de cristal et les étoiles aux pointes scintillantes. Peu à peu, sous ses mains légères, qui voletaient de droite à gauche, le sapin sombre et sévère se transformait en une apparition radieuse, toute constellée, harnachée, juponnée de lumière. Ensuite, ce fut le tour de la crèche. Les santons étaient des figurines anciennes très précieuses, qu'on se repassait, de génération en génération, dans la famille. Pendant que maman les installait sur le dessus de la commode, préalablement recouvert d'un papier brun froissé pour imiter la terre, Sylvie demanda :

– Quand est-ce que je pourrai venir habiter avec toi?

– Plus tard, ma chérie, dit maman. Il faudrait d'abord que j'organise tout, que je trouve un appartement. Ce n'est pas facile! Tu n'es pas malheureuse, ici!

– Oh! non! Grand-mère et grand-père sont très gentils!

– Si tu venais à Paris, je ne serais pas souvent avec toi. Tu te sentirais bien seule. Plus seule qu'avec tes grands-parents, au Puy!

– Je m'ennuie sans toi, dit Sylvie avec élan.

Maman l'attira contre sa poitrine. Elle avait les yeux humides et un étrange sourire qui tremblait. Après avoir embrassé Sylvie, elle se dépêcha de déplacer quelques santons sur la commode :

– Comme ça, c'est mieux! dit-elle avec un entrain forcé. Tu ne trouves pas?

Elle avait reculé d'un pas pour juger de l'effet. Autour d'un minuscule enfant Jésus, rose bon-bon, à demi enfoui dans un nid de paille, la Vierge, saint Joseph, les mages, les bergers, l'âne et le bœuf se tenaient immobiles, en extase, sous une étoile en papier doré. Pour corser la scène, on ajouta d'autres petits bonshommes coloriés, un pêcheur portant son filet, une dentellière du Puy avec son tambour et ses fuseaux, un bûcheron, sa hache sur l'épaule. L'adoration touchait tous les métiers du monde.

– Je peux te poser une question, maman? demanda Sylvie.

– Mais oui, ma chérie.

– Est-ce que tu aimes le portrait de papa?

– Bien sûr!

– Tu l'aimes vraiment, vraiment?

Maman eut un faible sourire et murmura :

– Chut! Entre nous, je ne retrouve pas du tout ton papa dans ce personnage figé. Il est ressemblant et pourtant ce n'est pas lui. Je n'ai pas voulu le dire tout à l'heure devant ta grand-mère pour ne pas lui faire de peine. Et il ne faut pas que tu le lui dises non plus.

– Pourquoi est-ce que les Allemands ont tué papa?

– C'était la guerre.

– Et papa, lui, est-ce qu'il a tué des Allemands?

– Non.

– Pourquoi?

– Il était médecin. Les médecins ne tuent pas; ils soignent.

– Tu n'aimes pas les Allemands, toi, maman!

– C'est fini, maintenant, Viou. Il faut oublier...

– Moi, je n'oublierai jamais. Quand je serai grande, je ne me marierai pas avec un Allemand!

– Et avec qui te marieras-tu? demanda maman d'un air amusé.

– Avec un F.F.I.

Sylvie aimait cette appellation mystérieuse, qui

évoquait pour elle les esprits de la forêt, à la démarche furtive et au regard moqueur.

– Grand-père dit que ce sont les F.F.I. qui ont libéré Le Puy, reprit-elle.

– C'est exact.

– Comment était-il, papa? Raconte!

Maman s'assit sur le tapis, les jambes repliées, le buste souple, à la façon d'une écolière. En la regardant, Sylvie se dit : « Ma meilleure amie, ce n'est pas Martine Dédorat, c'est elle! » En même temps, elle éprouvait, auprès de maman, un sentiment de sécurité que personne au monde, pas même grand-père ou grand-mère, ne pouvait lui donner. Blottie dans sa chaleur, elle attendit avec délices la répétition d'anecdotes qu'elle connaissait par cœur. Quand maman parlait de papa, c'était toujours sur le mode enjoué. A travers ses récits, il apparaissait non comme un homme, mais comme un petit garçon à qui il n'arrivait que des choses drôles :

– Un matin, il était allé chez le coiffeur, et, comme le patron qui lui coupait toujours les cheveux n'était pas là, il s'était confié aux ciseaux d'un tout jeune employé. Distrait à son habitude, il avait lu le journal pendant toute la durée du travail. Et, lorsqu'il était rentré à la maison, ni toi ni moi ne l'avions reconnu : il avait les cheveux taillés en brosse! Tu t'en souviens?...

– Oui! oui! s'écria Sylvie.

Elle ne se souvenait de rien, mais revivait la scène avec une joyeuse gratitude.

– Encore! dit-elle en pétrissant la main de maman.

– Et son nœud papillon! dit maman. Quelle

histoire! Il voulait absolument porter un nœud papillon et s'y prenait très mal pour l'attacher. Quand il partait pour voir ses malades, le nœud papillon était bien en place; quand il revenait, la cravate était tout de travers, une coque en haut, une coque en bas. Tu t'amusais à la redresser. Et il se laissait faire.

— Il m'aimait beaucoup?

— Oui, beaucoup, Viou. Mais, avec toi, il savait aussi être sévère. Un jour, tu avais étalé tous tes jouets dans le corridor et jusque dans le salon d'attente. Les malades devaient les enjamber pour entrer dans le cabinet. Papa s'est fâché tout rouge. Tu as eu droit à une fessée!

Cette fessée, Sylvie ne savait plus si elle l'avait réellement reçue ou si elle faisait partie du patrimoine obscur de ses songes. En tout cas, elle y tenait comme à une pièce maîtresse de son passé. Elle voulut provoquer d'autres confidences et affirma :

— Je me souviens aussi, quand papa mettait ses lunettes pour me regarder, il n'était plus du tout pareil!

— Mais, Viou, ton papa portait toujours des lunettes, dit maman avec douceur.

— Alors, pourquoi il n'a pas de lunettes sur la photographie et sur le tableau?

— Il les avait ôtées au moment de se faire photographier.

— Pourquoi il les avait ôtées?

— Je ne sais pas... Par coquetterie sans doute!

— Papa était coquet?

— A sa façon, oui...

Sylvie leva les yeux sur le portrait. Ce visage

rose et nu. Elle comprenait maintenant pourquoi elle ne l'aimait pas. Il y manquait les lunettes. Une idée la traversa, vive comme le coup de queue d'un poisson rouge dans un bocal. Elle demanda :

— Est-ce que papa a gardé les lunettes sur lui, dans le cercueil?

— Non, ma chérie, dit maman d'une voix grave.

— Où sont-elles?

— Je les ai à Paris.

— Tu me les montreras?

— Je te le promets.

Grand-mère entra dans le salon et tout redevint froid et sage. Elle complimenta les deux décoratrices sur l'arbre et sur la crèche. Mais Sylvie l'écouta avec indifférence. Unie à maman par le plus précieux des secrets, elle ne voulait ni ne pouvait s'intéresser à autre chose.

Les heures avaient passé si vite qu'en se retrouvant dans le lit Sylvie douta d'avoir vécu tant d'événements depuis l'arrivée du train. Grand-mère se retira aussitôt après la prière du soir. Restée seule avec sa fille, maman la borda et se pencha sur elle pour lui souhaiter une bonne nuit. A demi dressée sur son séant, Sylvie lui entoura le cou de ses deux bras. Maman la baisa légèrement sur la bouche. Les lèvres de maman étaient douces comme le velours. Son haleine sentait le fard et le tabac sucré. Elle éteignit la lampe et sortit dans un élégant bruissement de robe.

Étendue dans le noir, Sylvie ne pouvait dormir. Sans doute était-ce l'atmosphère inhabituelle de cette petite « chambre à donner » qui l'empêchait de trouver le repos. Et puis, elle pensait trop à maman pour avoir sommeil. Tout à coup, elle se dit que, peut-être, maman était déjà repartie pour Paris sans prévenir personne. Cette idée absurde la glaça. Elle ressentit le besoin urgent de se rassurer. Sautant à bas du lit, elle s'avança, à pas de loup, sur le palier et entrebâilla avec précaution la porte de la chambre d'en face. Bonheur! maman était là, couchée dans la lumière de la lampe de chevet, un livre à la main. Elle portait une chemise de nuit si fine que sa peau transparaissait à travers le tissu. Adossée à ses oreillers, elle considérait sa fille avec surprise.

– Qu'y a-t-il, Viou? dit-elle.

Sylvie mit un doigt sur sa bouche pour recommander le silence et chuchota :

– Oh! maman, laisse-moi venir dans ton lit, une minute!

Maman sourit et se poussa sur le côté pour lui faire de la place. Chemise troussée, Sylvie se coula dans la poche tiède des draps. Mêlant ses jambes aux jambes de sa mère, elle se pressait de toutes ses forces contre ce corps aux formes élastiques. Elle était chez elle dans cette odeur intime de chair et de parfum. Des doigts souples caressaient sa chevelure, tandis qu'une voix triste murmurait à son oreille :

– Ma Viou, mon amour, tu me manques tellement!

– Tu ne diras rien à grand-mère, n'est-ce pas? implora Sylvie.

– Non, non...

Sylvie releva le front. Au-dessus d'elle, veillait un visage douloureux, aux yeux élargis par les larmes. Une trace brillante rayait la joue de maman.

– Qu'as-tu, maman? Tu pleures! balbutia Sylvie.

– C'est parce que je suis heureuse. Nous sommes si bien, toutes les deux! Ne bougeons plus...

Les paupières de Sylvie s'abaissèrent, sa tête chavira sous le poids de la béatitude. Elle sombra dans le sommeil, entre les bras de sa mère qui la tenait fermement.

Il était tard, le matin, lorsqu'on frappa à la porte. Grand-mère entra, découvrit Sylvie et sa maman enlacées dans la pénombre et gronda:

– Quand je n'ai pas vu Sylvie dans sa chambre, j'ai tout de suite deviné que je la trouverais ici. Vous avez tort, Juliette, de prendre cette enfant dans votre lit. Elle n'est que trop portée à l'exaltation. Puis-je vous faire servir votre petit déjeuner?

– Merci, mère, dit maman en allumant la lampe.

Elle avait pris un visage aussi fautif que celui de sa fille. Prises sur le fait, elles avaient toutes deux le même âge. Sylvie pensa avec ivresse que la journée commençait bien.

# 9

Déguisée en infirmière, grâce à la panoplie que maman lui avait offerte pour Noël, Sylvie ne savait où donner de la tête : toutes ses poupées étaient malades. Elle les avait couchées en rang d'oignons, au pied du lit, dans des boîtes à chaussures, et passait de l'une à l'autre en variant les remèdes. Qui avait droit à une cuillerée de sirop, qui à une pastille, qui à une piqûre. Casimir, le plus atteint de tous, était coiffé d'un énorme pansement. Il avait fallu lui ouvrir le crâne avec un bistouri pour en retirer un peu de crin. Mais on ne peut varier les soins à l'infini. Qu'on le veuille ou non, il arrive un moment où les poupées guérissent. Une sorte de découragement professionnel prit l'infirmière au milieu de son hôpital. Elle se demandait à quoi employer son temps. Maman et grand-mère étaient sorties pour faire une visite de politesse aux Fromentier. Grand-père et tante Madeleine étaient au bureau. C'était le jour de M. Carpentin, le fondé de pouvoir. Il venait de plus en plus souvent. On en parlait dans la famille comme d'un homme très capable. Sylvie le craignait un peu parce qu'il avait une barbe en pointe comme celle du diable sur des images qu'elle avait vues dans un livre. Elle songea à retourner voir l'arbre de Noël, qui, la fête passée, les cadeaux distribués, avait perdu beaucoup de son mystère, ou à descendre dans la cour pour jouer avec Toby, ou à rendre visite à Ernestine et à Angèle dans la cuisine. En vérité, rien ne la tentait. La vie serait grise jusqu'au retour de maman. Pourquoi allait-elle voir les Fromentier au lieu de rester auprès de sa fille? Un silence d'ennui pesait sur la maison. La « chambre à donner » était inhospitalière. C'était un endroit pour grandes personnes. Les meubles qui la décoraient ne connaissaient pas Sylvie. Elle retira son bonnet et son tablier d'infirmière, s'assit à une petite table d'acajou, ouvrit la boîte de crayons de couleur, cadeau de ses grands-parents, et médita de faire un beau dessin sur l'album, cadeau, lui, de tante Madeleine. Mais l'inspiration ne venait pas. Ayant barbouillé deux pages sans succès, elle se renversa sur le dossier de sa chaise. En face d'elle, la photographie de papa l'observait avec une indifférence blessante. Une idée mûrissait entre eux. Soudain, comme illuminée, Sylvie sortit la photographie de son cadre et la posa à plat sur la table. Puis, saisissant un crayon noir, elle dessina des lunettes sur le visage lisse de papa. La qualité du papier, qui était épais et mat, facilitait l'opération. Le crayon marquait bien. Sylvie s'appliquait, repassait plusieurs fois sur le même trait pour lui donner de la grosseur. Bientôt, le nez de papa servit d'assise à deux verres ronds, enfermés dans une monture solide. Une vague de bonheur submergea Sylvie.

Miracle! Cette fois, c'était bien *lui!* Elle l'avait retrouvé. Il ne la quitterait plus. Comme si un voile de mensonge se fût déchiré devant elle, ses souvenirs se remettaient à vivre joyeusement. Avec transport, elle colla ses lèvres sur la photographie. Tout le monde, assurément, serait de son avis. On demanderait à M. Poirier de rajouter des lunettes au grand portrait du salon. Un bruit de pas la tira de sa contemplation. Maman pénétra dans la chambre.

– Regarde! s'écria Sylvie en brandissant la photographie. N'est-ce pas que papa est mieux comme ça?

Maman n'eut le temps de rien dire. Entrée derrière elle, grand-mère explosait :

– Petite malheureuse, qu'avez-vous fait là?

Elle arracha la photographie des mains de Sylvie. Son vieux visage était disloqué de colère. Ses yeux flamboyaient derrière leurs bizarres hublots.

– On ne peut donc vous laisser seule une heure sans que vous commettiez quelque sottise, reprit-elle d'une voix sifflante. Et, quand je dis sottise, je suis au-dessous de la vérité. Savez-vous comment on appelle ce que vous venez de faire? Un sacrilège! En gribouillant cette photographie, vous avez insulté la mémoire de votre père!

Elle haletait si fort que Sylvie, effrayée, recula dans un coin de la chambre. Maman intervint d'une voix mesurée, mais nette :

– Ne vous fâchez pas, mère. Il s'agit d'un simple enfantillage. Et d'ailleurs, c'est moi qui en suis responsable : j'ai dit à Viou que Bernard portait toujours des lunettes. Elle a voulu corriger la photographie, voilà tout!

— Vous lui donnez donc raison? demanda grand-mère en dressant le nez.

— J'essaie de vous expliquer sa conduite. Un coup de gomme, et il n'y paraîtra plus.

— Il y a des choses qui ne s'effacent pas, dit grand-mère.

Et elle jeta la photographie sur la table. Maman prit une gomme et effaça les traces de crayon.

— Vous voyez, dit-elle. Le mal est réparé.

— Non! dit grand-mère. Ce serait trop facile!

A ces mots, les yeux de maman étincelèrent :

— Mais que voulez-vous, mère? dit-elle vivement. Punir cette enfant? Elle l'est bien assez, après ce que vous lui avez dit! Laissez-la vous embrasser et n'en parlons plus!

Elle poussa Sylvie vers sa grand-mère. Celle-ci se raidit, détourna la tête. Un roc habillé de noir. Sylvie baisa maladroitement une main qui se dérobait et se réfugia auprès de maman. Jamais elle n'aurait supposé qu'en dessinant des lunettes sur la photographie de papa elle allait ébranler les fondements de la famille. Quoi qu'elle fît, elle était coupable. Il ne lui venait en tête que de mauvaises idées. Atterrée, elle leva sur maman un regard suppliant et reçut, en retour, un sourire. Grand-mère sortit de la pièce dans un silence de plomb.

Après son départ, maman acheva de nettoyer la photographie et la remit dans son cadre. Sylvie éclata en sanglots :

— Oh! maman, je ne savais pas!... J'ai cru bien faire!.. Tu m'en veux?... Pardon!

– Personne ne t'en veut, mon amour.

– Si! grand-mère!

– Sois très gentille avec elle et, bientôt, elle n'y pensera plus.

Sylvie se calma. Mais, à table, pendant le dîner, son inquiétude la reprit. Grand-mère avait avalé ses lèvres. Silencieuse, pincée, les coudes au corps, le dos droit, elle chipotait dans son assiette. En revanche, maman et grand-père bavardaient de tout et de rien avec une gaieté insolite. Ils discutaient d'un film de cinéma lorsque, n'y tenant plus, Sylvie sauta de sa chaise, courut vers grand-mère et lui appliqua un baiser sur la joue. Son audace la stupéfia elle-même. C'était une autre qui avait agi à sa place. La figure de grand-mère se contracta, se détendit, il y eut un voile d'eau derrière les gros verres de ses lunettes et elle porta sa serviette à sa bouche comme pour contenir un sanglot. La conversation s'était arrêtée. Ernestine restait plantée près de la porte, un plat à la main. Enfin, grand-mère se ressaisit, prit sa respiration et murmura :

– Je suis bien seule! Dieu l'a voulu ainsi!

En même temps, sa main se posait sur la tête de Sylvie en signe de pardon. Mais, au lieu de l'attirer, elle la repoussait doucement, comme par crainte de s'attendrir davantage. Jusqu'à la fin du repas, elle ne prononça pas un mot.

Maman et grand-père étaient invités, après dîner, à un bridge chez les Marvejoux. Grand-mère s'était refusée à les accompagner : elle ne sortait plus jamais le soir. Avant de quitter la maison, maman voulut border et embrasser son enfant. Du fond de son lit, Sylvie, les yeux écarquillés, vit se pencher sur elle une créature de rêve, à la fois familière et lointaine, coiffée, maquillée, prête pour la fête mystérieuse des grandes personnes. Grand-père paraissait très fier d'aller en visite chez des amis avec sa belle-fille. Tous deux se retirèrent en promettant de ne pas rentrer trop tard. La lampe éteinte, Sylvie lutta obstinément contre l'envie de fermer les yeux. Elle eût aimé veiller jusqu'au retour de maman. Au bout d'un très long temps, la porte se rouvrit et une silhouette furtive se glissa dans la chambre. Le plancher craqua sous un pas lourd. Malgré l'obscurité, Sylvie reconnut grand-mère et fit mine de dormir, immobile, la respiration égale. Après un instant d'hésitation, la visiteuse s'assit sur une chaise, au chevet. Elle resta là, en méditation, silencieuse, pétrifiée. Un rai lumineux, passant par l'ouverture de la porte, dessinait la courbe de ses épaules, enflammait les cheveux échappés de son chignon. Mussée sous ses couvertures, Sylvie écoutait, avec un mélange de crainte et de vénération, le souffle court de la vieille dame. Cette présence nocturne était si inhabituelle qu'un moment elle se crut malade. Mais non, elle se sentait bien. Tout était calme autour d'elle. Soudain, dans l'immensité de l'ombre, elle entendit un choc léger et répété, à peine perceptible : grand-mère égrenait son chapelet.

## 10

Pour le premier de l'An, on se rendit au cimetière. C'était la troisième fois que maman y allait depuis son arrivée. Aujourd'hui, il s'agissait d'une visite d'adieu : elle devait repartir le lendemain. Grand-père avait voulu se joindre au groupe. Toute la famille était là, debout, devant le caveau. Défense de réfléchir à autre chose qu'à la mort. Sylvie s'efforçait de ne pas distraire sa pensée de son papa qui était sous la dalle. Elle se demandait si elle devait lui souhaiter une bonne année dans son cercueil. Maman tenait la main de sa fille. Comme quand elles regardaient ensemble le tableau. Etaient-elles plus proches du disparu devant ce tombeau, dans le cimetière, ou devant son portrait, dans le salon? Grand-père gardait la tête basse. Priait-il, lui qui ne priait jamais? Dimanche dernier, il avait étonné tout le monde en décidant d'accompagner sa femme, sa bru et sa petite-fille à l'église. Mais il avait suivi la messe à sa manière, sans jamais s'agenouiller sur le prie-Dieu. Sylvie s'étonnait qu'il pût être si gentil et si savant avec un tel mépris pour la pratique de la religion. Pourtant, quand M. l'abbé

Péricoul venait à la maison, il le recevait toujours avec joie. N'était-ce pas pour narguer grand-mère qu'il affectait de ne croire en rien? Au milieu de ses réflexions, Sylvie s'aperçut qu'elle s'intéressait plus aux vivants qu'aux défunts. Bientôt, on se réunirait pour déjeuner en famille. Elle avait faim. Elle rêva au menu. Angèle lui avait dit qu'il y aurait une surprise pour le dessert. Les morts, eux, ignoraient les douceurs de la table. Pour eux, pas de lentilles au lard, pas de truite en gelée, pas de poularde aux morilles. Quels étaient donc leurs plaisirs? A quoi jouaient-ils dans l'au-delà? Après le déjeuner, Martine Dédorat viendrait à la maison. Sylvie s'en promettait un grand bonheur. Etait-ce mal de penser à s'amuser devant la tombe de papa? Elle avait hâte, soudain, de partir. Maman, grand-mère, grand-père, tante Madeleine n'en finissaient pas de méditer, en silence. Enfin, grand-mère donna le signal du retour. Toute la famille se mit en branle entre les dalles funèbres.

En passant, on s'arrêta, comme d'habitude, pour dire bonjour à M. Marcel, le gardien. Il sortit sur le pas de sa porte à l'arrivée du groupe. Rondouillard et rose tel un porcelet, il éclatait de bonne santé au milieu des croix. Il avait une jolie maison, beaucoup plus grande que les mausolées du cimetière, mais moins richement décorée. Ce devait être drôle de vivre comme lui, dans le jardin des morts, mangeant, dormant, lisant son journal parmi tous ces disparus. Son métier était comparable à celui d'un berger dont le troupeau aurait été sous terre. En le quittant, grand-mère dit :

– A bientôt, monsieur Marcel.

Malgré cette visite aux morts, le repas fut très gai. La surprise était un soufflé à la liqueur. Une fois de plus, on se souhaita la bonne année en trinquant : « Vive 1947 !» Sylvie eut droit à une goutte de champagne dans le fond d'une flûte. Martine Dédorat arriva pendant que les grandes personnes prenaient leur café. En présentant son amie à maman, Sylvie guetta sur le visage de Martine les signes immanquables de l'enthousiasme. Mais Martine se contenta d'arrondir les yeux et de balbutier un vague : « Bonjour, madame. » Déçue, Sylvie l'emmena dans la « chambre à donner ». Au bout de quelques minutes, captivée par les soins à prodiguer aux poupées, elle avait oublié le reste du monde. Elle n'éprouvait même plus le besoin de passer ces dernières heures avec maman. Pourtant, lorsque celle-ci vint l'embrasser en disant qu'elle allait en ville, elle se désola :

– Tu t'en vas déjà ? Tu reviendras bientôt ?

– Mais oui, Viou. D'ailleurs, tu n'as pas besoin de moi : tu as ta petite amie. Vous vous amusez bien toutes les deux !

Dès que maman fut sortie, Sylvie entraîna Martine dans la salle de bains pour lui montrer les produits de beauté alignés sur une étagère : il y avait là un flacon d'eau de toilette, un petit pot avec du fond de teint, un bâton de rouge à lèvres. Tout le mystère du charme féminin. La tentation était trop forte. Saisissant le bâton de rouge à lèvres, Sylvie le fit glisser artistement selon le contour de sa bouche. Le fard débordait un peu. Mais cette tache carmin, au milieu du visage, en relevait incontestablement l'éclat. En se souriant dans la glace, Sylvie se trouvait un air de femme accomplie. Ensuite, elle maquilla son amie. Le résultat fut moins heureux, à cause de l'appareil dentaire de Martine que le rouge du fard mettait fâcheusement en valeur. Elles se parfumèrent à l'eau de toilette, firent un brin de conversation mondaine devant le miroir et se dépêchèrent de se laver le visage en entendant remuer dans la chambre de grand-mère.

Quand maman revint, elles avaient toutes deux des figures innocentes. Mais rien n'échappe au regard acéré des grandes personnes. Une trace de rouge mal effacée, un parfum suspect... Maman appuya un doigt sur le nez de Sylvie et chuchota :

— Tu es une vilaine! Tu t'es servie de mon rouge à lèvres!

Et elle lui essuya légèrement la bouche avec son mouchoir. Elle comprenait tout. Elle pardonnait tout. Elle était du côté de la vie.

Lorsque les deux amies se retrouvèrent seules, dans la chambre, Martine dit avec feu :

— Tu sais, ta maman, elle est vraiment belle!

Et Sylvie s'enfla d'orgueil à en éclater.

Le dernier dîner avec maman fut triste. Elle avait un regard d'une grande douceur et serrait parfois, à la dérobée, la main de sa fille, sur la nappe.

Tout à coup, comme une hache s'abat sur un cordage, ce fut le départ. Sylvie pleura beaucoup sur le quai de la gare, en voyant la voyageuse monter dans son wagon. Mais c'est en retrouvant sa chambre qu'elle mesura toute l'ampleur de sa solitude. Elle en voulait à maman d'être retournée si vite à Paris. Elle essayait de se remémorer les moindres détails de sa visite. Narines ouvertes, elle recherchait le parfum de l'absente dans le placard, dans la salle de bains, sur l'oreiller. En vain. La maman, vivante, présente était redevenue un rêve. Un peu comme si elle était morte. Elle aussi. Et elle ne ressusciterait qu'aux vacances de Pâques. C'était loin!

Les classes reprirent, monotones, avec leur cortège de leçons, de devoirs, de punitions, leurs disputes entre élèves et leurs conciliabules secrets dans la cour de récréation. Les heures oscillaient entre l'école et la maison. Et, à la maison, il n'y avait que de vieux visages. La rigueur de grand-mère, les silences de grand-père, les lorgnons de tante Madeleine. Chaque jour ressemblait à la veille. Dans l'ennui des semaines, Sylvie en arrivait à attendre la visite au cimetière comme une distraction.

Pourtant, vers la mi-janvier, il y eut un événement capital. La femme de François mit au monde son sixième enfant. Encore une fille! Elle avait souhaité un garçon. Grand-mère et tante Madeleine avaient, en temps voulu, confectionné la layette. Comme on manquait de laine, à cause des restrictions, il avait fallu défaire de vieilles chaussettes de chasse de grand-père pour tricoter brassières, bonnets et chaussons. Malheureusement, tout cela était de teinte marron foncé. Peu après, grand-père se rendit à Saint-Etienne pour ses affaires. Il devait y passer quarante-huit heures. En son absence, ce furent M. Carpentin et tante Madeleine qui reçurent les clients.

Dans la cour, les manutentionnaires allaient et venaient, poussant des diables chargés. Sous les hangars, s'alignaient des montagnes de sacs de ciment et de plâtre, des bastions de briques, des murailles de barres de fer. Pourtant, on était, paraît-il, à court de marchandises. Tout se délivrait sur bons. Grand-père se plaignait des tracasseries administratives. Il disait que, si le gouvernement n'allégeait pas le système, il mettrait « la clef sous la porte ». Drôle de formule! Tout en devinant ce qu'elle voulait dire, Sylvie imaginait son grand-père courbé en deux et glissant la clef sous la porte vitrée du bureau. Plus personne alors ne pourrait entrer! Comment concevoir la vie de la maison sans ce mouvement de camions sous le porche, ces pesées sur la bascule, ces passages d'ouvriers portant des fardeaux et s'interpellant avec des voix râpeuses? Il était défendu à la fillette de s'aventurer dans la cour pendant les heures de travail. Elle s'y faufilait néanmoins, le temps d'embrasser Toby. Les ouvriers la connaissaient bien et l'appelaient « Mademoiselle ». Elle était fière d'être la petite-fille de celui qui régnait sur ces entrepôts merveilleux où l'on trouvait tout ce qu'il faut pour construire une maison et la chauffer. Il était, pour elle, le maître de la ville. En revenant de Saint-Etienne, il lui rapporta un cadeau : un pull-over à dessins géométriques rouges, verts et blancs. Eblouie, Sylvie poussa des cris de joie, embrassa son grand-père et enfila immédiatement, devant la glace, ce vêtement aux couleurs éclatantes. Ainsi habillée, elle avait, jugea-t-elle, l'air à la fois élégant et sportif. Mais grand-mère était réticente.

– Etant donné notre grand deuil, vous auriez pu choisir quelque chose de moins voyant, Hippolyte, dit-elle avec acrimonie.

Et Sylvie comprit qu'elle devrait batailler pour mettre, de temps à autre, le pull-over de ses rêves.

## 11

En pénétrant dans le bureau, son cartable à la main, Sylvie comprit tout de suite qu'elle tombait mal. Grand-père était en discussion avec un client qui élevait la voix et brandissait des factures. La barbe en avant, M. Carpentin essayait de faire entendre raison au forcené en citant des chiffres. Terrifiée par l'algarade, tante Madeleine se ratatinait derrière sa machine à écrire. Enfin, le client sortit en claquant la porte dont les vitres vibrèrent. Grand-père se rassit derrière sa table et dit :

– Quel butor!

Il était très pâle. Des gouttes de sueur brillaient à son front. Son regard se posa sur sa petite-fille sans la voir. Depuis trois jours qu'il était revenu de Saint-Etienne, il avait cet air préoccupé et las. Tante Madeleine avait dit, hier, à grand-mère, devant Sylvie, qu'il avait dû se fatiguer beaucoup en voyage. En outre, il avait, paraît-il, des soucis d'affaires. Mais, à la maison, il ne s'en plaignait pas. Simplement, il était encore plus silencieux que d'habitude. Comme Sylvie l'embrassait, il murmura distraitement :

– Tout marche bien à l'école?... Alors, va vite voir ta grand-mère... Laisse-moi... Nous avons du travail...

Sa main tremblante caressa les cheveux de Sylvie. Elle devina qu'aujourd'hui elle ne devait pas espérer grimper sur ses genoux ni jouer avec le timbre dateur. D'ailleurs, elle avait un emploi du temps fort chargé. L'abbé Morel, qui faisait le catéchisme, avait demandé aux élèves de se préparer à répondre, le lendemain, à une série de questions sur les marques de la véritable Eglise : « Jésus-Christ a-t-il fondé plusieurs Eglises?... » « L'Eglise romaine est-elle une?... » « Est-elle sainte?... » « Est-elle catholique?... » « Est-elle apostolique?... » Grand-mère invita Sylvie à bien étudier sa leçon et à venir la lui réciter ensuite. Installée dans sa chambre, avec son catéchisme ouvert sur la table, Sylvie ânonnait. A peine avait-elle commencé à retenir, mot à mot, les premiers préceptes que la voix de tante Madeleine retentit dans l'escalier :

– Clarisse! Clarisse! Viens vite! Hippolyte n'est pas bien!

Un remue-ménage suivit. Ouvrant la porte, Sylvie aperçut grand-mère qui sortait de sa chambre et se hâtait de descendre les marches. Un groupe confus montait, en se dandinant, à sa rencontre. L'escalier craquait, comme prêt à se disjoindre, sous le poids. M. Carpentin, François et un autre manutentionnaire soutenaient maladroitement une forme à demi allongée, dont les bras et les jambes pendaient. Le visage de l'homme gisant était caché par les épaules des porteurs. Mais Sylvie reconnut les chaussures marron de grand-père. Une terreur la prit au ventre. Grand-mère s'exclama :

– Mon Dieu! Que s'est-il passé?

– Je ne sais pas, dit M. Carpentin. Subitement, M. Lesoyeux a poussé un cri. Il est devenu tout blanc. Il a eu la force de balbutier qu'il avait mal dans la poitrine, dans le bras...

– C'est peut-être une névralgie, dit François. Ou quelque chose qu'il aurait mangé à midi!

– Il faut vite l'étendre dans son lit et téléphoner au docteur Faber, décida tante Madeleine.

Ernestine et Angèle accoururent, bouleversées, et se joignirent au cortège.

Toby, surgi d'on ne savait où, grimpa les marches sur les traces de son maître. On le chassa. Il partit la queue basse, en rasant les balustres de la rampe.

La chambre de grand-père était juste en face de celle de Sylvie. Les porteurs eurent du mal à lui faire franchir la porte sans le cogner. Au passage, Sylvie découvrit un vieux visage livide, couvert de sueur, aux cheveux gris ébouriffés, à la bouche tordue qui respirait à peine. Les yeux saillants exprimaient la peur et la souffrance. Une main, crispée en griffe, s'acharnait à dégrafer le col de la chemise. Lui si soigné d'habitude, jamais Sylvie ne l'avait vu dans un pareil désordre. C'était un autre grand-père qu'on lui présentait là. Elle voulut entrer dans la chambre à la suite du groupe. On l'en empêcha. La porte se rabattit sur son nez.

Exclue du mystère, comme Toby, elle s'assit à

croupetons, sur le palier, à côté de la grande armoire à linge. Du bout de l'index, elle caressait le parquet ciré. A force de regarder les veines du bois, elle y voyait des serpents, des nuages, des chevaux... M. Carpentin, François et l'autre manutentionnaire ressortirent et passèrent devant elle sans mot dire. Puis, ce fut le tour d'Ernestine et d'Angèle. Enfin, grand-mère, elle aussi, reparut. Elle semblait calme, résolue et comme inspirée. On eût dit que quelqu'un, parlant à son oreille, lui dictait ce qu'il fallait faire. Tandis que tante Madeleine restait auprès de grand-père, elle descendit au bureau pour téléphoner au médecin!

— Il arrive! dit-elle en remontant l'escalier, le souffle court, la main sur la rampe. Je ne pensais vraiment pas le trouver chez lui. C'est une telle chance!...

— Comment va grand-père? demanda Sylvie.

— Il a un peu moins mal. Surtout ne faites pas de bruit. Soyez sage.

— Il va guérir?

— Mais oui. Si Dieu le veut, dit grand-mère.

Et, au lieu de retourner dans la chambre du malade, elle se glissa dans sa propre chambre. Sylvie n'avait pas besoin de la suivre pour savoir ce qu'elle y faisait. Agenouillée sur son prie-Dieu, elle devait implorer le Seigneur de regarder de son côté. Ce prie-Dieu, tapissé de velours rouge, avait, dans son dossier, un petit placard où dormait tout un trésor de chapelets, de médailles bénites, de paroissiens aux signets multicolores et d'images de premières communions et de deuils. Trois ou quatre fois, Sylvie avait été autorisée à s'approcher de ces merveilles. Elle ne doutait pas que ces menus objets renforçaient le pouvoir de la prière. De leur amoncellement s'élevait un léger parfum de renfermé qui était aimable au Très-Haut.

Grand-mère ressortit au bout de dix minutes. On sonnait à la porte. Le docteur Faber arrivait, grand homme maigre et voûté, porteur d'un cartable comme celui dont Sylvie se servait pour aller en classe. Les bronches, les intestins, les foies de la famille n'avaient pas de secret pour lui. Grand-mère le conduisit auprès de grand-père et se retira, avec tante Madeleine, dans le salon, laissant le malade et son médecin tête à tête. Sylvie demeura sur le palier, épiant les bruits de la maison. Elle se rappelait d'autres maladies de grand-père. Jamais il n'était resté plus de trois jours au lit. Cette fois, cela paraissait plus sérieux. La consultation se prolongeait. Peut-être fallait-il profiter de ce délai pour reprendre la leçon de catéchisme? Cependant, avec cette tornade dans la maison, Sylvie n'avait pas la tête au mystère de la fondation de l'Eglise.

Quand le docteur Faber rouvrit la porte, elle essaya d'apercevoir, par l'entrebâillement, ce qui se passait dans la chambre. Mais elle ne vit que le pied du lit et une chaise avec des vêtements entassés. Le médecin semblait soucieux. Il rejoignit grand-mère et tante Madeleine au salon. Vite, Sylvie quitta son poste d'observation, descendit à l'étage au-dessous et colla son oreille au battant. Un murmure confus lui parvenait à travers le panneau de bois. Elle entendit que le docteur Faber parlait d'angine de poitrine. A quoi bon toutes ces cachotteries? Elle avait eu elle-même une angine, au début de l'automne. Des points blancs dans la gorge. Avec des gargarismes et des tisanes chaudes, on en viendrait à bout. Grand-père en serait quitte pour manquer le bureau pendant quelques jours comme elle avait manqué la classe. Elle eut juste le temps de se jeter en arrière pour n'être pas surprise en train d'écouter aux portes. Grand-mère, tante Madeleine et le médecin se dressèrent devant elle comme une montagne à trois têtes, sortant de la brume. Déconcertée, elle balbutia :

– Qu'est-ce qu'il a, grand-père?

– Son cœur est malade, très malade, dit grand-mère. Il a besoin de beaucoup de repos.

Ce n'était donc pas une simple angine. Sylvie tombait de haut. Oppressée par le chagrin, elle regardait tour à tour les grandes personnes dans l'espoir d'être rassurée par un sourire.

Penché vers grand-mère, le docteur Faber dit à mi-voix :

– Soyez sans crainte pour l'immédiat, chère madame. Ma piqûre va le calmer. Pour la suite, une extrême prudence s'impose : repos complet, alimentation légère et fractionnée, peu de viande, peu de sel. Suppression de l'alcool, du café, du thé, du tabac...

– J'y veillerai, dit grand-mère.

– En cas de crise, vous avez toutes les indications sur mon ordonnance. Le moral du malade est très important. Il ne faut surtout pas qu'il s'abandonne à l'angoisse. Allons près de lui. Je voudrais lui parler en votre présence.

Cette fois, tante Madeleine demeura avec Sylvie pendant que grand-mère et le médecin retournaient au chevet de grand-père.

– Il ne va pas mourir? demanda Sylvie.

– Mais non, ma petite, dit tante Madeleine. Tu n'avais pas de leçons à apprendre, pour demain?

– Si.

– Alors, viens. Je vais te les faire réciter.

Sylvie entra dans sa chambre, tendit son catéchisme à tante Madeleine et psalmodia :

– « On reconnaît la véritable Eglise à quatre marques : elle est une, elle est sainte, elle est catholique, elle est apostolique. »

– Pourquoi est-elle apostolique?

– Parce qu'elle a pour premiers chefs les apôtres...

Ernestine passa la tête par la porte pour annoncer qu'elle allait chercher les médicaments à la pharmacie. Elle avait mis un fichu, à cause du froid. La salamandre craquait. Dans son petit cadre d'acajou, papa assistait, imperturbable, la joue sur le poing, à tous les bouleversements.

– On devrait téléphoner à maman, dit Sylvie.

– Pour quoi faire?

– Pour lui dire que grand-père est malade.

– Peut-être..., en effet, dit tante Madeleine.

Visiblement, elle n'y avait pas pensé. Elle fit part de cette suggestion à grand-mère quand celle-ci revint, ayant raccompagné le docteur. Après avoir affirmé qu'elle ne voyait pas la nécessité de « claironner cette nouvelle aux quatre coins de l'univers », grand-mère accepta, « par esprit de famille », de téléphoner à Paris.

– Mais Juliette n'est jamais chez elle! dit-elle vivement comme pour justifier sa réticence.

– Elle doit être rentrée de son travail, à cette heure-ci, remarqua tante Madeleine.

– Parce que tu te figures qu'elle n'a rien de plus pressé, sa journée finie, que de regagner sa chambre? répliqua grand-mère.

En disant cela, elle avait un sourire de glaciale ironie. Elle redescendit au bureau avec Sylvie, laissant le malade sous la surveillance de tante Madeleine. La pièce vitrée baignait dans la lumière blanche du plafonnier, avec ses papiers rangés, ses tiroirs fermés, sa machine à écrire coiffée d'une housse de toile cirée noire. Une odeur de fumée refroidie imprégnait l'air. Les mégots de grand-père débordaient du cendrier. Grand-mère décrocha le téléphone et, d'une voix impérative, demanda la communication avec Paris. Puis, elle raccrocha, sans quitter l'appareil des yeux. L'attente fut très longue. A force de regarder cet objet noir et luisant, couché sur sa fourche, Sylvie lui prêtait une âme. Intelligent et maléfique, il pouvait aussi bien éclater que continuer à garder le silence. Du reste, il était rare que la famille usât de ce moyen moderne pour appeler Paris. D'habitude, on se contentait d'écrire. Soudain, la sonnerie retentit, stridente. Grand-mère s'empara du combiné. Son visage prit la même expression que si elle se fût trouvée nez à nez avec une personne vivante. Maman était à l'autre bout du fil. En peu de mots, grand-mère la mit au fait. Elles parlèrent médicaments et régime.

– Non, Juliette, dit grand-mère, il est tout à fait

inutile que le professeur Borderaz téléphone à Faber. Notre bon médecin nous a souvent prouvé qu'il était capable de dominer seul les situations les plus critiques. Votre beau-père va déjà mieux. Cette petite alerte aura été finalement bénéfique. Maintenant, nous savons ce que nous devons faire pour qu'elle ne se renouvelle pas... Sylvie? Oh! nullement... Elle est très calme, très sage... Elle comprend tout... Comme une grande... D'ailleurs, elle est près de moi... Voulez-vous lui dire deux mots?... Au revoir, Juliette... Nous vous tiendrons au courant...

Sylvie saisit l'appareil que lui tendait sa grand-mère et l'appliqua fortement contre son oreille. Venue du bout du monde, la voix de maman lui parvint comme portée par une vague noire :

– Allô! allô! Viou, comment vas-tu?... Que fais-tu?... Est-ce que tu travailles bien?... Il faut redoubler de gentillesse envers ta grand-mère : elle est très inquiète...

Submergée de douceur, Sylvie ne trouvait rien à répondre. Elle se contentait de murmurer, dans une sorte d'aspiration à lèvres entrouvertes :

– Oui, oui...

D'ailleurs, cette conversation à distance était une tromperie. Présente par la voix, maman était absente par le visage. C'était une ombre qui s'adressait à sa fille pour l'exhorter. Cherchant désespérément ce qu'elle pourrait bien dire, Sylvie annonça :

– Tu sais, juste avant de tomber malade, grand-père avait décidé de donner un bain à Toby. Maintenant, je ne sais pas si on le fera...

Et, aussitôt, elle pensa qu'elle n'aurait pas dû

parler de Toby en un pareil moment. Levant les yeux sur grand-mère, elle lui vit un visage de réprobation muette.

— Je t'embrasse de toutes mes forces, maman! s'écria Sylvie.

— Moi aussi, dit maman. Raccroche à présent, mon amour.

— Non, toi...

— Au revoir.

— Pas encore!

— Sois raisonnable, Viou. Je téléphonerai demain pour avoir des nouvelles.

Dans le silence qui suivit, Sylvie entendit la respiration familière. Il lui sembla qu'un souffle baignait son oreille. C'était bon comme le dernier baiser avant le sommeil. Un déclic. Maman avait raccroché. Sylvie tomba dans le vide. Ce coup de téléphone, loin de la contenter, aiguisait en elle un sentiment de privation et presque d'injustice. Elle était plus tranquille avant, dans son cocon d'habitudes. Tête basse, elle quitta le bureau, suivie de grand-mère. Comme elles remontaient l'escalier l'une derrière l'autre, Ernestine vint demander si elle pouvait servir le dîner.

— Mais oui, dit grand-mère d'un ton paisible.

Et elle ajouta, à l'intention de tante Madeleine qui sortait de la chambre :

— Tu restes avec nous, Madeleine?

## 12

La nuit devait être en son milieu. Entre le lit et la faible lueur quadrillée de la salamandre, s'étendait un royaume de fausses ténèbres, roses et noires, où chaque objet libérait son fantôme. Encore mal dégagée d'un rêve de chute du haut d'une tour – elle avait eu très peur, puis s'était mise à voler avec une aisance irréelle –, Sylvie épiait les bruits de la vie. Dans la journée, à cause des craquements du parquet, elle n'avait pas besoin de bouger pour savoir ce qui se passait autour d'elle. Au seul grincement des lattes, elle devinait les allées et venues de grand-mère, d'Ernestine, d'Angèle... Qui montait l'escalier et qui le descendait, qui se rendait au salon et qui s'enfermait dans la salle de bains – la vieille maison lui disait tout dans son mystérieux langage de crissements et de soupirs. Mais, pour l'instant, au silence des gens répondait le silence des choses. Chacun était dans son trou. Elle seule ouvrait l'œil. Profitant de cette situation insolite, elle sauta du lit et s'aventura, en chemise et pieds nus, sur le palier. Tout était noir. Elle n'osait allumer. Six pas au moins la séparaient de la chambre de grand-père, juste en face. Il avait eu une deuxième crise, une semaine après la première. Le docteur Faber était revenu. Grand-mère disait que la guérison du malade ne tenait qu'à un fil. Sylvie imaginait grand-père suspendu à un fil, et se balançant dans le vide, à la merci du moindre courant d'air. On lui avait défendu de le revoir. Pourquoi tous les autres pouvaient-ils l'approcher et pas elle? Marchant sur la pointe des pieds, ravalant son souffle, s'arrêtant chaque fois que le plancher gémissait sous son poids, elle traversa la zone dangereuse. Puis, avec des précautions de voleuse, elle ouvrit la porte.

Le battant tourna sur ses gonds sans crier. Une petite lampe de cuivre brûlait sur la table de nuit. La lueur en était atténuée par un linge épinglé sur l'abat-jour. Dans cette clarté sourde, Sylvie découvrit d'abord une bonne sœur assoupie dans son fauteuil, le menton sur la poitrine, les mains sur les genoux. Sa vaste coiffe blanche, raidie d'amidon, projetait au plafond l'ombre d'un oiseau aux ailes écartées. C'était sœur Hortense. Elle était vieille et avait un gros ventre sous son tablier d'infirmière. Depuis une semaine, elle se relayait avec sœur Véronique, une plus jeune, au chevet du malade. Ainsi, jour et nuit, il était veillé par une femme proche de Dieu. Sœur Hortense ronflait légèrement. Une bulle de salive tremblait à la commissure de ses lèvres. Il y avait des fioles et des tubes de médicaments sur une table. Une odeur un peu rance imprégnait l'air. Sylvie fit un pas rapide, dépassa le bois de lit et, tendant le cou, aperçut celui qu'elle était venue voir. Elle ne le reconnut pas. Il avait tellement maigri! La peau blême de son visage collait à ses os, accusant le creux des orbites, des tempes, des joues. Son cou décharné était comme une tresse de cordes, avec le col du pyjama chiffonné tout autour. Ses cheveux gris ébouriffés rebiquaient sur l'oreiller. Ses mains, abandonnées sur la couverture, ressemblaient à deux vieux crabes morts. Sylvie pensa au squelette dont elle avait vu la reproduction dans le dictionnaire et s'effraya. Il respirait faiblement, les yeux clos, la bouche ouverte. Elle se pencha pour l'examiner de plus près. Soudain, sur ce masque inerte, courut un frisson de vie. Les paupières se soulevèrent à demi. Sans remuer la tête, grand-père fit un clin d'œil à Sylvie. Il avait deviné sa présence. Il la remerciait d'être venue. Il plaisantait avec elle. Comme lorsqu'il l'associait à quelque taquinerie contre grand-mère. Mais, déjà, le visage se refermait. Une expression de souffrance crispait les lèvres pâles et craquelées. Un rauque halètement soulevait la poitrine du malade. Sœur Hortense se redressa un peu dans son fauteuil.

Craignant d'être découverte, Sylvie sortit à pas de loup et referma le battant derrière elle. Mais elle laissa entrebâillée la porte de sa chambre pour mieux entendre les rumeurs du palier. Les événements étranges qui se déroulaient là-bas, chez grand-père, absorbaient toute son attention. Elle eût voulu être assise, près du lit, à la place de sœur Hortense. Jamais plus elle n'aurait envie de dormir. Elle imagina une prière : « Mon Dieu, faites que la maladie de grand-père se passe, et je travaillerai toujours bien en classe ! » Cela rimait. Comme dans les vers qu'on apprenait à l'école.

Dieu ne pouvait être insensible à cette incantation poétique. Couchée dans le noir, les mains jointes, elle répéta la formule indéfiniment avec une bouillonnante ferveur. Le sommeil la prit au milieu d'une phrase.

Les craquements de la maison la réveillèrent. La vie renaissait dans les étages. Ernestine et Angèle vaquaient à leurs occupations quotidiennes. Grand-mère, levée à l'aube, n'était pas encore revenue de la messe. Depuis que grand-père était malade, elle passait le plus clair de son temps à l'église. Sœur Véronique remplaça sœur Hortense. Un camion entra en grondant sous le porche. Des manutentionnaires se disputaient dans la cour. Et grand-père était toujours prisonnier de sa chambre. Sylvie se hâta d'avaler son petit déjeuner et de partir pour l'école, flanquée d'Ernestine.

Quand elle rentra, à midi, grand-mère lui annonça solennellement que, si grand-père guérissait, elles se rendraient toutes deux, pour Pâques, à Lourdes. Sylvie s'enthousiasma. Elle avait vu, dans le missel de grand-mère, des images de sainte Bernadette. C'était une petite fille, à peine plus âgée qu'elle. On ne pouvait choisir meilleur intercesseur auprès du bon Dieu. Et puis Lourdes, la grotte, la source, les chants, la procession aux flambeaux... Tante Madeleine, qui y était allée dans sa jeunesse, lui en avait conté merveilles.

L'après-midi, en classe, Sylvie pria à voix basse au lieu d'écouter. Cela lui valut deux mauvaises notes. Comme elle persistait à rêver, sœur Cécile lui demanda : « Où êtes-vous, Sylvie Lesoyeux ? »

Elle répondit : « A Lourdes. » Ses camarades pouffèrent de rire. Elle reçut un zéro de conduite. Mais cela n'avait aucune importance. Jamais ces péripéties scolaires ne lui avaient paru aussi dérisoires en comparaison de son drame personnel. De retour à la maison, elle trouva tout le monde en émoi : l'abbé Péricoul devait venir, ce soir, pour donner l'extrême-onction au malade. En attendant, M. Carpentin essayait de faire signer à grand-père des papiers urgents. Le pauvre était si faible, disait grand-mère, qu'il pouvait à peine tenir la plume. Enfin, M. Carpentin ressortit de la chambre et dit :

– Ça y est, madame. Tout est en règle!

Aussitôt, grand-mère et tante Madeleine se dépêchèrent de préparer les lieux pour l'arrivée du prêtre. Sylvie aurait aimé assister à la cérémonie. Mais les grandes personnes s'y opposèrent d'une seule voix. Tout ce qu'elle put savoir, par Ernestine, c'était que, sur une table recouverte d'une nappe blanche, on disposait deux flambeaux, un crucifix, un petit vase d'eau bénite avec un rameau bénit, six boules de coton dans une assiette et de la mie de pain dans une autre. Ces différents objets étaient, paraît-il, nécessaires au prêtre pour appeler sur le malade la miséricorde divine. Du reste, tout cela était décrit dans le catéchisme. Il y avait même un dessin représentant la table mise pour les sacrements. C'était joli comme les préparatifs d'une dînette. Cependant, Sylvie aurait voulu voir la chose en réalité, puisqu'elle en avait, aujourd'hui, l'occasion. Elle ne comprenait pas le refus de grand-mère. Elle demanda :

– Est-ce parce que grand-père va plus mal que M. l'Abbé vient le voir?

– Oui, dit grand-mère. Quand les médecins hésitent, il faut recourir au suprême remède. Seul notre Rédempteur, par la grâce du Saint-Esprit, peut soulager l'âme et le corps du malade. Soyez sans crainte, l'onction avec l'huile consacrée rendra la force à l'être qui nous est cher.

Mains jointes, elle avait l'air d'aimer par-dessus tout, en cet instant, celui dont, d'habitude, elle pouvait à peine supporter la présence. Sylvie se félicita de cette réconciliation, qui était, peut-être, le premier miracle de Jésus avant la guérison définitive. L'abbé Péricoul arriva sur ces entrefaites. Toutes les robes entourèrent sa soutane avec déférence. Sœur Hortense et sœur Véronique le précédèrent dans la chambre du malade. Grand-mère et tante Madeleine entrèrent à leur tour. Sylvie resta sur le palier. Au bout d'un moment, les quatre femmes ressortirent afin de laisser le prêtre seul avec grand-père pendant la confession. Puis, la porte se rouvrant, elles retournèrent dans la chambre pour assister à la suite. Comme Sylvie leur emboîtait le pas, grand-mère l'arrêta sur le seuil :

– Pas vous, Sylvie.

– Oh! grand-mère! implora-t-elle.

– Non. Allez prier dans votre chambre. Ainsi, vous serez tout de même proche de nous par la pensée.

Privée de spectacle, Sylvie se résigna avec tristesse. Mais, tout en marmonnant sa prière, elle tendait l'oreille. Du fond de l'âme, elle voulait croire à la réussite. Quand l'abbé Péricoul aurait

fini ses onctions, grand-père sauterait à bas du lit.
L'huile sainte l'aurait lubrifié comme une mécanique rouillée. Cependant, aucune exclamation
de joie ne traversait encore le palier. Agenouillée
devant le crucifix qui ornait le mur de sa chambre, au-dessus du lit, Sylvie, à la longue, se
fatiguait. Elle jugea qu'elle en avait assez dit au
bon Dieu pour gagner sa grâce et mit le nez
dehors. Au même moment, la porte d'en face se
rouvrit, livrant passage à l'abbé Péricoul, à grand-
mère et à tante Madeleine. Tous trois avaient
des mines compassées, comme des conspirateurs
unis par un grand secret. Timidement, Sylvie demanda :

— Alors?

— Votre grand-père a reçu les sacrements en
bon chrétien, mon enfant, dit l'abbé Péricoul. Et
le soulagement de son âme a été immédiatement
visible.

— Est-ce qu'il va se lever?

Cette fois, l'abbé Péricoul ne répondit pas.
Changeant vite de conversation, grand-mère le
remercia de l'immense secours qu'il leur avait
apporté à tous. De quoi se réjouissait-elle, puisque grand-père n'était toujours pas debout?

Lorsque le prêtre fut parti, l'atmosphère de
sainteté persista dans la maison. Toutes les grandes personnes avaient des figures d'anges. Sylvie
dîna entre grand-mère et tante Madeleine. Ni
l'une ni l'autre ne consentirent à la renseigner sur
l'état de grand-père après l'extrême-onction. Simplement, grand-mère dit, en levant les regards au
plafond :

– Il est sauvé, pour l'essentiel!

Mais les larmes noyaient ses yeux. Ernestine servait à table en reniflant. Grand-mère lui recommanda de préparer du café noir pour cette nuit.

– J'en aurai bien besoin, soupira-t-elle.

– Je reste veiller avec toi, dit tante Madeleine.

Toutes deux assistèrent à la prière de Sylvie et, l'ayant couchée, se retirèrent en chuchotant.

Le lendemain matin, en sortant de classe, Sylvie fut frappée par l'air égaré de la bonne qui l'attendait, comme d'habitude, sur le trottoir. Les yeux rouges, la lippe molle, Ernestine marmonna :

– Ah! ma pauvre!... C'en est fini!... Il n'est plus là!...

– Qui n'est plus là? demanda Sylvie avec un serrement de cœur.

– Votre grand-père... Il est mort tout à coup... Juste après votre départ pour l'école... Une nouvelle crise l'a emporté...

Une tornade balaya la tête de Sylvie. Dieu ne pouvait lui avoir fait cela après toutes ses prières. Et l'extrême-onction alors? Et la promesse du pèlerinage à Lourdes? Stupéfaite, incrédule, elle se mit à courir dans la rue.

– Sylvie! Voyons! Attendez-moi! cria Ernestine à sa suite.

Sourde à ces appels, Sylvie filait à toutes jambes, sautant parfois à bas du trottoir pour éviter des passants. Elle arriva, essoufflée, sous le porche et s'engagea d'un même élan dans l'escalier. Mais, dès les premières marches, un tel silence l'accueillit qu'elle ralentit son allure. Maintenant, elle n'en doutait plus, le malheur était dans la maison. Grand-mère et tante Madeleine l'attendaient, noires de robes et pâles de figures, au second étage. Elle se jeta à leur rencontre. Tante Madeleine l'embrassa en pleurant. Grand-mère, le regard exorbité derrière ses grosses lunettes, dit :

— Il ne souffre plus, à présent. Que la volonté de Dieu soit faite. Venez, Sylvie...

Elle prit la main de l'enfant et ouvrit la porte. Etait-ce bien la chambre de grand-père? Les rideaux tirés y maintenaient une ombre mystérieuse où brillait la flamme des cierges. On avait poussé les chaises contre le mur pour dégager le passage. Sœur Véronique et sœur Hortense priaient dans un coin, la cornette inclinée. Et sur le lit, au milieu de ce décor de parade, reposait de tout son long quelqu'un de léger et de sec, qui ne ressemblait à personne. Un drap le recouvrait jusqu'à la poitrine. Ses doigts noueux, maladroitement joints, tenaient un crucifix et un chapelet. Sans doute avait-il eu mal aux dents avant de mourir, car un linge lui entourait les mâchoires. Prudemment, Sylvie s'approcha de l'inconnu et le regarda avec plus d'insistance. Alors, le visage de cire, aux yeux fermés, à la bouche incolore, lui parut tout à coup affreusement familier sous son aspect rigide. Elle reconnut la petite verrue, près de la narine droite, la touffe de poils entre les sourcils poivre et sel. C'était grand-père devenu statue. Avec de faux cheveux, une fausse peau.

– Vous pouvez l'embrasser une dernière fois, dit grand-mère en soulevant Sylvie dans ses bras.

Maintenue par la taille, les pieds appuyés sur le cadre du lit, Sylvie se pencha vers le corps inerte. Un moment, elle crut que le visage allait lui cligner de l'œil amicalement, comme l'autre nuit. Mais les paupières restaient closes, les joues tendues. Cette fois, grand-père dormait d'un sommeil dont on ne se réveille pas. Il ne la prendrait plus sur ses genoux pour lui permettre de jouer avec le tampon dateur. Elle le revit aussi lisant son journal, allumant une cigarette, souriant de biais après une pique lancée à grand-mère, et ces souvenirs, rappelés pêle-mêle, achevèrent de la désespérer. Etait-il possible que les instants de bonheur ne revinssent jamais? C'était comme une déchirure qu'on ne pouvait recoudre. Après une longue hésitation, Sylvie effleura, du bout des lèvres, le front du gisant. Il était froid comme de la pierre. Elle recula, horrifiée. Une répulsion animale se mêlait à son chagrin. Des frissons couraient dans son dos et jusque sur son cuir chevelu. Ses épaules se mirent à trembler. Pourtant elle ne pleurait pas. Grand-mère la reposa à terre et, la prenant par la main, la ramena dans sa chambre. Sylvie se jeta à plat ventre sur son lit et enfouit son visage dans son bras replié. Elle refusait la lumière.

– Calmez-vous, Sylvie, dit grand-mère. Songez que votre grand-père est plus heureux au ciel.

– Mais nous, nous ne sommes pas plus heureuses! hoqueta Sylvie en redressant la tête. Pourquoi le bon Dieu a-t-il fait ça? Nous l'avons tant prié! Il est méchant!

– Vous blasphémez, mon enfant. Dieu ne peut se tromper. Les motifs de sa décision dépassent notre pauvre raison. Quelle que soit notre peine, nous devons nous incliner. Votre grand-père a rejoint votre père. Tous deux nous regardent maintenant de là-haut.

Sylvie s'assit au bord du lit et se frotta les yeux. Ils étaient secs et brûlants. Une source, en elle, s'était comme tarie. Mais des coups de boutoir ébranlaient sa poitrine. Tante Madeleine lui apporta un verre d'eau. Elle le but à longs traits et se calma un peu. Sans doute recevrait-elle une photographie de grand-père pour la mettre à côté de celle de papa. Pourquoi fallait-il que, l'un après l'autre, les êtres qu'elle aimait se transformassent en photographies?

– Je voudrais prévenir maman, dit-elle.

– C'est déjà fait, dit grand-mère. Nous lui avons téléphoné tout à l'heure. Elle arrive demain matin.

A ces mots, le chagrin de Sylvie vola en éclats sous le choc d'une joie tumultueuse. Elle avait mal et elle était heureuse à en crier. Serrant ses mains l'une contre l'autre, elle fondit en sanglots. Ses nerfs se dénouaient en même temps qu'enfin coulaient ses larmes. Tante Madeleine la raisonna d'une voix douce. Grand-mère dut les quitter pour accueillir les premiers visiteurs. Des amis, des employés de l'entreprise grimpaient l'escalier craquant pour défiler devant le corps. Jamais il n'y avait eu autant d'étrangers dans la maison. De la cour, monta une plainte lugubre, déchirante. Enchaîné dans sa niche, c'était Toby qui hurlait.

## 13

Les orgues donnaient de la voix, tandis que les employés des pompes funèbres empoignaient le cercueil, le descendaient du catafalque et le portaient, à pas mesurés, vers la sortie de l'église. Après la pénombre de la nef, la raide lumière du jour éblouit Sylvie. Instinctivement, elle se rapprocha de maman qui, comme grand-mère et tante Madeleine, était tout en noir, avec un voile de crêpe rabattu devant le visage. Sylvie eût bien aimé être en noir, elle aussi, avec un voile de crêpe sur la figure. Cependant, même habillée comme d'habitude, dans son ensemble bleu marine, elle avait, parmi cette nombreuse assistance, le sentiment de jouer un rôle. N'était-elle pas la petite-fille du défunt? Les fastes étranges de la cérémonie la distrayaient, à chaque instant, de son chagrin personnel.

Une foule clairsemée attendait sur le parvis. Les porteurs hissèrent le cercueil dans un corbillard empanaché et fixèrent autour les couronnes mortuaires à larges rubans violets. Il y en avait beaucoup. La plus belle, après celle de la famille bien sûr, avait été offerte par les employés de la maison Lesoyeux. Il faisait froid et sec. Un vent aigre glaçait les chevilles. Les deux chevaux de l'attelage piaffaient sous leur caparaçon de deuil. Le tintement des cloches de l'église était profond et sinistre. Ainsi la ville entière était avertie de l'événement. Un monsieur important, à moustache blonde frisée, courait en tous sens pour indiquer à chacun sa place. Grand-mère, maman, tante Madeleine et Sylvie se retrouvèrent, comme de juste, au premier rang. Soudain, le char funèbre s'ébranla avec une lenteur puissante. Devant, marchait l'abbé Péricoul avec deux enfants de chœur. Une grande croix d'argent scintillait au-dessus de leur tête. En se retournant, Sylvie aperçut l'ensemble du cortège. Une longue colonne piétinante, au dandinement irrégulier. Tout le monde avait l'air triste. C'était bien. Elle reporta ses yeux sur le corbillard. Il se balançait et craquait. Elle pensa à grand-père, secoué dans sa caisse, et eut mal pour lui. Au passage de la procession, des gens s'arrêtaient sur le trottoir. Les hommes se découvraient, les femmes se signaient. Sylvie eut l'impression que de nombreux regards se portaient sur elle et redressa la taille. Les sabots des chevaux résonnaient fortement sur le pavé. L'un d'eux lâcha une bordée de crottin. Le tas jaune et fumant apparut entre les roues. Maman et Sylvie s'écartèrent pour ne pas marcher dedans. Regardant par-dessus son épaule, la fillette constata que, de proche en proche, tout le cortège se disloquait à leur exemple. Maman la rappela à l'ordre en la tirant par la main. Elle avait relevé son voile. Son visage nu était d'une ciselure si nette dans tout ce noir que

Sylvie en eut un étourdissement de bonheur. De grand-mère, enfouie sous les plis épais du crêpe, on ne voyait, en revanche, que le brillant des lunettes. Elle soufflait en gravissant la pente et, au rythme de sa respiration, le mince rideau de deuil palpitait devant sa bouche. Tante Madeleine lui donnait le bras. Toute la famille était là. Comme le 15 août, pour la procession de la Vierge Noire. Mais où donc était grand-père? Pourquoi ne marchait-il pas, lui aussi, derrière le corbillard? Cette question traversa Sylvie avec une rapidité fulgurante. Immédiatement, elle se ressaisit, le cœur chaviré.

M. Marcel, le gardien, se tenait à la grille. Il salua, au passage, son nouveau pensionnaire. Après avoir défilé entre les vivants, dans la rue, le cortège défilait entre les morts. Les chevaux du corbillard connaissaient l'adresse. Ils s'arrêtèrent à la bonne hauteur, dans l'allée centrale. De là, les assistants se dirigèrent, par une allée transversale, jusqu'au tombeau de famille. La pierre de la façade avait été enlevée, découvrant l'orifice du caveau. Tout était prêt pour l'accueil. On se groupa : le dernier adieu. Debout, entre maman et grand-mère, Sylvie regardait avec stupeur la trappe béante à ses pieds. Dans les ténèbres de ce trou, profond et rectangulaire, elle distinguait des étages. Certains étaient habités, d'autres vides. Sur le dernier, à gauche, reposait le cercueil de papa. Elle se rappelait maintenant qu'on l'avait mis là, au cours d'une cérémonie analogue. Cent images lui revenaient en désordre : les mêmes chevaux, les mêmes gens, le même prêtre, les mêmes couronnes... Papa était donc toujours en place, dans sa boîte. Mais était-il semblable à sa photographie ou au squelette du dictionnaire? Grand-père allait le rejoindre. Tout recommençait. La main dans la main de sa mère, Sylvie scrutait cet abîme où s'entassaient, dans des compartiments, les morts de sa famille. L'un sur l'autre, ils se faisaient la courte échelle, depuis les plus anciens jusqu'aux plus récents. Leurs noms étaient gravés sur le livre de pierre qui ornait la dalle de marbre du tombeau. Les porteurs tirèrent le cercueil du corbillard, le transportèrent jusqu'à la tombe et le posèrent par terre, sur des planches. Il était tout neuf. Ses poignées brillaient au soleil. Le prêtre psalmodiait des prières. Quand il eut fini de parler, il agita un goupillon d'argent au-dessus de la longue caisse en bois blond. Puis il passa le goupillon à grand-mère, qui le repassa à maman, qui le repassa à Sylvie. L'aspersoir était si lourd que la fillette, étonnée, dut le prendre à deux mains. En le secouant à son tour, elle eut l'impression qu'elle faisait une farce à grand-père. Un jour, ils avaient joué ainsi, dans la salle de bains, à s'envoyer des gouttes d'eau, et grand-mère s'était fâchée. Ce souvenir frappa Sylvie si fortement qu'elle ne put retenir un sanglot. On l'emmena. D'ailleurs, toute la famille s'alignait déjà, à l'entrée du cimetière, pour le défilé des condoléances.

Plantée au bout du rang, Sylvie voyait venir à elle ces grandes personnes aux visages graves. Certaines lui étaient connues : M. et Mme Poirier, M. et Mme Fromentier, M. Carpentin, Lucienne, la femme de François, qui avait le ventre dégonflé et pleurait plus fort que n'importe qui dans l'assistance. D'autres figures, en revanche, ne lui disaient rien. Elle aperçut les parents de Martine Dédorat, d'Annette Cordier. Mais aucune de ses petites amies n'était là. A cette heure-ci, elles se trouvaient en classe. Sylvie le déplora, car elle eût aimé se montrer à toute l'école dans la majesté de son deuil. Les messieurs lui serraient la main et elle leur disait merci d'une voix faible. Les dames l'embrassaient en soupirant. Ces étreintes successives lui répugnaient un peu. Les joues mouillées de baisers, les yeux embués de larmes, elle était comme un bouchon dansant sur les flots. Soudain, elle pensa au pull-over rouge, vert et blanc dont grand-père lui avait fait cadeau à son retour de Saint-Etienne. Avec ce deuxième deuil, elle perdait toute chance de le porter un jour.

Après l'enterrement, il y eut, à la maison, un déjeuner réunissant les intimes de la famille. Vingt personnes en tout. De lointains parents s'étaient dérangés. Angèle et Ernestine étant débordées, les Fromentier avaient prêté leurs deux bonnes pour aider au service. Le repas était excellent. Mais Sylvie n'avait pas faim. D'ailleurs, elle n'arrivait pas à se réchauffer. Le bruit des conversations, autour de la table, lui cassait la tête. D'habitude, elle était toute surexcitée quand on recevait des invités. Aujourd'hui, elle était trop pressée de les voir partir. Ils mangeaient trop, ils parlaient trop, ils avaient trop bonne mine. Combien d'entre eux pensaient à grand-père dans son cercueil? Et puis, ils séparaient maman de sa fille. Or, elles avaient bien peu de temps à passer ensemble! A cause de son travail, maman devait repartir le lendemain. Que fallait-il donc pour la retenir si la mort de grand-père ne suffisait pas?

Enfin, on se leva de table. Les visiteurs s'engouffrèrent dans le salon. De café en petit verre, ils s'y incrustèrent une bonne partie de l'après-midi. Sylvie, dans son coin, trépignait. Des messieurs questionnaient maman sur Paris. Elle leur répondait avec grâce. Tranquille et belle, elle était à tout le monde, alors que Sylvie l'eût voulue rien qu'à elle. Il était tard lorsque les derniers invités consentirent à repasser la porte. Aussitôt, Sylvie se rua sur maman, comme une naufragée, et s'agrippa à ses flancs. Sauvée! Elle respirait, à travers l'étoffe noire de la robe, une tiédeur parfumée qu'elle eût reconnue entre mille. Son domaine. Elle ne le céderait à personne. Un frisson lui parcourut l'échine. Elle chuchota :

– Je ne sais pas ce que j'ai, maman. Je ne suis pas bien. J'ai mal à la tête.

Maman lui toucha le front, la regarda de plus près et s'inquiéta :

– C'est vrai, ma Viou! Tu as de la fièvre!

Grand-mère, alertée, voulut nier l'évidence. Mais maman exigea l'épreuve du thermomètre. Sylvie était aux anges. Enfin on s'occupait d'elle. Trente-neuf deux. Inespéré!

– Elle a dû prendre froid au cimetière, décréta maman.

Et elle résolut d'appeler immédiatement le médecin. Grand-mère essaya bien de dire qu'il n'y avait pas urgence et qu'on ferait mieux d'attendre demain, la décision fut maintenue avec

fermeté. Sylvie se retrouva couchée dans la petite
« chambre à donner » (elle avait, comme d'habitude, cédé sa chambre à maman), sous un énorme
édredon. Au préalable, elle avait dû avaler un bol
de tisane brûlante. Elle transpirait, claquait des
dents et était heureuse. Maman, assise à son
chevet, lui tenait la main. Le docteur Faber
accourut. Comme pour grand-père. Allait-on
aussi appeler l'abbé Péricoul? Un moment, Sylvie
le souhaita, à cause de la cérémonie de l'extrême-
onction, avec la mie de pain, les bouts de coton,
l'huile sainte. Mais le docteur Faber, l'ayant
auscultée, palpée, tapotée et lui ayant fait tirer la
langue en appuyant dessus avec une cuiller, dia-
gnostiqua une petite grippe, rien de plus. Rassurée, maman n'en déclara pas moins qu'elle reste-
rait au Puy jusqu'à la guérison. Dès ce soir, elle
téléphonerait au professeur Borderaz pour le prévenir. Sylvie lui lança les bras autour du cou.
Maintenant, il s'agissait de ne pas guérir trop vite.
Ce fut avec méfiance qu'elle regarda le médecin
rédiger son ordonnance sur la petite table d'acajou. Cachets, gouttes, gargarismes... Elle n'aurait
pas toujours maman, grand-mère ou Ernestine
derrière son dos. Trompant leur surveillance, elle
s'arrangerait pour prendre le moins de médicaments possible. Peut-être, avec un peu de chance,
pourrait-elle ainsi tenir jusqu'aux vacances de
Pâques?

Pour son dîner, elle n'eut que du bouillon de
légumes. Mais elle avait la gorge si irritée qu'elle
put à peine l'avaler. Bizarrement, plus elle se
sentait mal, plus elle était contente. Maman vint
la border et dit :

– Ferme les yeux, ma Viou. Je resterai auprès de toi jusqu'à ce que tu t'endormes.

Assise dans la lueur de la lampe de chevet, elle avait ouvert un livre sur ses genoux. Et il y avait, entre cette page fortement éclairée et ce visage attentif, comme une intelligente complicité. Engourdie, Sylvie abaissa les paupières et s'abandonna au réconfort d'une présence invisible et douce. Elle s'assoupit, la tête renversée, les jambes ouvertes, les bras en croix.

Quand elle se réveilla, la chambre était obscure. Maman avait éteint la lampe avant de partir. Mais elle avait laissé la porte entrebâillée. Sylvie se dressa sur son séant. Il lui sembla que son lit tremblait, flambait, qu'elle était au centre d'un incendie. Sa bouche avait un goût amer de fièvre et de bouillon. La chemise, trempée de sueur, collait à sa peau. Un fourmillement douloureux montait dans les os de ses bras. Elle voulut appeler, mais se retint. Maman était si fatiguée par le voyage! Il fallait la laisser dormir. Courageusement, Sylvie retomba en arrière et s'offrit seule, couchée sur le dos, à l'étouffante pesanteur des ténèbres. Une mince cloison la séparait de la chambre où était mort grand-père. Là-bas, il n'y avait plus qu'un lit vide, quelques meubles qui ne servaient à rien et, dans un placard, des vêtements devenus, eux aussi, inutiles. Est-ce que grand-mère allait les conserver et les brosser comme l'uniforme de papa? En pensant à cette pièce naguère habitée, aujourd'hui privée de vie, la fillette avait le sentiment que, par une sournoise infiltration, la mort traversait le mur et se répandait autour d'elle, dans l'ombre. C'était, songea-t-elle, comme l'élargissement d'une flaque d'eau noire sur le parquet. Bientôt, elle serait submergée. Après tout, le docteur Faber avait pu se tromper. Elle était gravement malade. Elle allait mourir. On l'enfermerait dans une caisse. On la transporterait dans un corbillard jusqu'au cimetière. On la descendrait dans le caveau où reposaient déjà papa et grand-père. Chacun son compartiment. Défense de se parler d'un étage à l'autre. La nuit, le froid, le silence. Plus de ciel. Plus de maman. Cette dernière idée dépassait les autres en horreur. Sylvie ne pouvait la supporter. Elle roula sa tête sur l'oreiller avec une rage impuissante. Ses tempes battaient, comme si une corde se fût tendue et relâchée alternativement à l'intérieur de son crâne. Au comble du désespoir, elle s'arc-bouta dans le lit et un gémissement jaillit de son ventre :

— Maman! Maman!

Etait-ce elle qui avait crié? La vieille maison tressaillit. Ses jointures craquèrent. Sylvie eut peur d'avoir réveillé toute la ville. L'instant d'après, une ombre se glissait dans la pièce. La clarté de la lampe de chevet, brusquement rallumée, chassa les fantômes. Sylvie tendit les bras. Ses dents s'entrechoquaient. La subtile odeur maternelle l'enveloppa. Inondée d'allégresse, elle murmura :

— Pardon, maman. J'ai fait un cauchemar!

Et elle sentit que, par malchance, elle allait guérir bientôt.

## 14

Pas d'Ernestine à la sortie de l'école. Elle avait
dû être retardée. Fallait-il l'attendre ici ou aller à
sa rencontre? Après avoir hésité quelques minutes, Sylvie opta pour la seconde solution. Ses
camarades de classe s'étaient déjà dispersées par
petits groupes bavards. Elle ne le regrettait pas.
Marcher seule dans la rue lui donnait un vif sentiment d'indépendance. Il faisait très beau. Des
nuages pommelés étaient suspendus dans le ciel
bleu, au-dessus de la statue géante de la Vierge
qui bénissait la ville. Attirées par ce pâle soleil
printanier, quelques dentellières s'étaient instal-
lées sur le pas de leur porte. Sylvie s'arrêta devant
l'une d'elles, une aïeule toute ridée, avec un
bonnet blanc sur la tête et un châle noir sur les
épaules. Assise sur une chaise basse, son métier
rembourré posé sur les genoux, l'ouvrière travaillait à une vitesse fascinante. Sylvie ne pouvait
détacher les yeux de ces vieux doigts agiles qui
jouaient avec des dizaines de fuseaux, les ame-
naient au-dessus du carreau, croisaient les fils
pour faire le point, piquaient une épingle, recom-
mençaient infatigablement. Elle fût volontiers

restée là jusqu'à la tombée du soir pour voir se dessiner, peu à peu, les méandres de la dentelle. Mais grand-mère l'attendait.

Elle se remit en marche. Et, aussitôt, ses soucis la reprirent. Elle avait eu une mauvaise journée. Convoquée, tout à l'heure, dans le bureau de la directrice, mère Augustine, elle s'était entendu reprocher vertement sa paresse, sa négligence, son apathie. Ce dernier mot, dont elle ignorait le sens, lui semblait le plus redoutable. Sans doute désignait-il quelque maladie réservée aux enfants. Elle convenait qu'après des vacances de Pâques trop rapides (maman n'avait pu venir que quatre jours!) le troisième trimestre avait mal commencé. Depuis plus de deux mois que grand-père était mort, elle n'arrivait pas à se retremper dans la vie de l'école. Les études, qui ne l'avaient jamais beaucoup intéressée, lui paraissaient de plus en plus fastidieuses. A chaque instant, une rêverie l'emportait loin du tableau noir. Les mauvaises notes pleuvaient. Grand-mère était mécontente. De semaine en semaine, Sylvie promettait de se ressaisir. Elle venait encore d'en faire le serment à mère Augustine. Le tiendrait-elle? Du fond du cœur, elle y était résolue. Mais il lui semblait que, pour rompre avec son passé d'insuccès scolaires, il aurait fallu qu'elle disposât de cahiers neufs, de livres neufs, de crayons neufs. C'est ainsi qu'on prépare un second départ dans la vie. Elle essayerait de décider grand-mère à ces achats indispensables. Puis, elle se dit qu'avec un peu de chance elle pourrait de nouveau tomber malade. Cela ferait revenir maman. Le temps d'une bonne fièvre. Au milieu de ses réflexions, elle se heurta à

Ernestine qui gravissait la côte en boitillant. Ernestine avait perdu beaucoup de temps au marché. « Il y avait tant de monde! J'ai cru que je n'en sortirais jamais! » dit-elle en débarrassant Sylvie de son cartable. Chemin faisant, elles croisèrent la vache Blanchette, qui revenait du pâturage sous la surveillance de François. Depuis l'arrivée des beaux jours, il la conduisait tous les matins dans le pré que grand-mère possédait en dehors de la ville, du côté de Vals, et la ramenait, tous les soirs, à son étable, au fond de la cour. Petite, les flancs rebondis et l'œil huileux, elle traversait les différents drames de la famille sans que rien n'altérât ni l'égalité de son humeur ni la qualité de son lait. La circulation de la rue ne l'inquiétait pas davantage. Elle allait son chemin, insensible au mouvement des autos et des bicyclettes, mâchant un dernier brin d'herbe. Sylvie et Ernestine se présentèrent derrière elle devant le porche.

Levant la tête, Sylvie relut avec dépit le nouvel écriteau qui surmontait l'entrée : « Maison Villeneuve et Fils ». Après la mort de grand-père, grand-mère avait vendu l'affaire. Elle ne pouvait s'en occuper seule, disait-elle, et refusait d'envisager une gérance. Cependant, tous les employés étaient restés sur place. Cela s'était fait très vite. Les papiers avaient été signés, paraît-il, du vivant même de grand-père. Tante Madeleine affirmait que c'était mieux ainsi. Elle ne venait plus au bureau, mais on la voyait très souvent à la maison. En pénétrant sous la voûte, Sylvie passa avec indifférence sur le plateau de la bascule. Tout juste si elle percevait le vide sous ses pieds.

Derrière la baie vitrée, bougeaient des visages inconnus. A la place de grand-père, devant le bureau à cylindre, siégeait un homme brun aux cheveux coupés en brosse. C'était lui, à présent, qui se servait du timbre dateur.

En regardant ces étrangers installés au rez-de-chaussée, Sylvie se sentait comme frustrée de son bien, expulsée de son domaine par une invasion. Heureusement, on avait conservé l'étable et la remise, au fond de la cour, ainsi que la niche de Toby. Il était attaché là maintenant, à une longue chaîne, pour ne pas gêner les nouveaux propriétaires. Malgré les supplications de Sylvie, grand-mère refusait toujours de le prendre à la maison. Depuis la disparition de grand-père, il était comme fou, mangeant à peine, salissant sa litière, aboyant plaintivement pendant des heures, le museau levé, le cou tendu. Ernestine avait dit qu'il « hurlait à la mort ». Et, lorsque Sylvie lui avait demandé le sens de cette expression, elle avait répondu : « C'est quand un chien pleure son maître. Il sent le défunt dans l'air, autour de lui, et il l'appelle. » Cette pensée avait fortement marqué Sylvie. Elle ne pouvait plus approcher Toby sans se dire qu'il voyait grand-père et même papa, son premier maître, là où, pour elle, il n'y avait que le vide. Elle s'avança vers la niche et reçut, en pleine poitrine, cette boule de poils, ce museau chaud, cette odeur de suint, ce gigotement de muscles joyeux. La chaîne de Toby tintait comme celle d'un prisonnier. Son collier trop large avait usé son pelage par le frottement. Il était si misérable que Sylvie en avait le cœur soulevé de tendresse. Quand il se fut calmé, elle lui parla à voix basse. Il l'écoutait, les oreilles bizarrement orientées. Elle lui racontait ce qui s'était passé en classe, à la récréation, et même dans le bureau de mère Augustine. Il la comprenait mieux que personne. Puis, soudain, il se dégagea pour se mordiller la queue avec une rage précise. Ses dents claquaient à petits coups. Les puces le dévoraient vivant. Nul ne prenait plus soin de lui. Ernestine gronda la fillette qui perdait son temps avec Toby, alors que grand-mère l'attendait. Sylvie se redressa en soupirant, accablée par la nécessité de toujours obéir.

En fait, grand-mère, l'ayant juste aperçue, l'envoya préparer ses devoirs et s'enferma elle-même dans sa chambre pour se remettre en prière. Ce nouveau deuil l'avait encore rapprochée du bon Dieu. L'abbé Péricoul venait souvent déjeuner à la maison. Avec le décès de grand-père, il semblait qu'un éteignoir s'était abattu sur les cent petites flammes de la vie quotidienne. Plus de piques, plus d'éclats, plus de sourires, plus de surprises. Le train des jours avait la lenteur d'un fleuve coulant entre des berges plates.

Cette sensation de grisaille, Sylvie l'éprouva avec plus de gêne encore en se retrouvant à table, pour le dîner, avec grand-mère. Assises face à face, dans la salle à manger trop spacieuse, elles n'avaient pas grand-chose à se dire. La fillette observait à la dérobée ce masque raidi dans la négation du moment. Visiblement, rien de ce qui se passait ici-bas n'intéressait plus grand-mère. Elle était tout entière requise par l'envers du monde. Les nouilles au gratin refroidissaient dans son assiette sans qu'elle y touchât. Ernestine tournait autour de la table, dans un univers de vieux meubles astiqués. La lourde suspension de cuivre versait aux visages une lumière triste. Les assiettes anciennes, pendues au mur, étaient autant d'horloges qui auraient perdu leurs aiguilles. La chaise du défunt se dressait, tragique dans sa nudité, à l'autre bout de la table. Tout proclamait l'absence de grand-père. Il n'y avait plus, dans la maison, que des femmes. Par réaction, Sylvie ressentit soudain le besoin de crier, de battre des mains, de sauter à cloche-pied. C'était en elle comme le jaillissement d'une source fraîche à travers un épais tapis de feuilles mortes. Elle finit par demander à grand-mère si, vraiment, on ne pourrait pas faire coucher Toby dans la cuisine, ou dans l'entrée : il était si malheureux, dehors, à l'attache! Comme elle s'y attendait, grand-mère refusa :

— Il n'en est pas question! Ce chien est insupportable! Non seulement il est sale, mais encore il aboie tout le temps!

Et le silence retomba. A la fin du dîner, pourtant, grand-mère parut se radoucir. Un air de bonté mélancolique éclaira son visage. Mille petites rides bougeaient autour de ses yeux et de ses lèvres. Sa peau ivoire ne connaissait que l'eau et le savon. Elle effleura d'un doigt la joue de Sylvie et lui dit :

— Suivez-moi dans ma chambre : j'ai quelque chose à vous montrer.

Sylvie pénétra religieusement dans le sanctuaire. Elle y venait très rarement. Il régnait dans la pièce une mince odeur d'encaustique et de camphre. Un immense crucifix d'ivoire bénissait le lit étroit comme un cercueil, l'armoire à doubles vantaux sculptés, la tablette de la cheminée chargée de trente photographies de famille dans leurs petits cadres de bois ou de métal et, sur le mur du fond, l'imposant coffre-fort à la façade laquée et décorée de fleurs. Ce fut vers ce dernier meuble que grand-mère se dirigea d'un pas ferme. Elle fit pivoter une rose en relief sur son axe, tourna des boutons moletés, ouvrit la porte. Son regard embrassa les boîtes, les enveloppes, les liasses de papiers qui dormaient sur des rayons de fer. Elle prit quelques écrins, les porta sur la table et, d'un doigt léger, pressant sur les fermoirs, souleva les couvercles, l'un après l'autre. Sylvie eut un éblouissement et joignit les mains. Devant elle, sur des lits de satin blanc, de velours bleu, s'étalaient des bijoux de conte de fées. Une bague au brillant si exactement taillé qu'il brisait la lumière de la lampe en mille facettes, une autre bague ornée d'une gemme verte aux profondeurs marines, des boucles d'oreilles en pierres rouges comme des gouttes de sang, un collier de trois rangs de perles, un bracelet en or ciselé, une broche représentant un paon qui faisait la roue avec toutes les couleurs de l'arc-en-ciel piquées sur son plumage de métal précieux.

— Que c'est beau! s'écria Sylvie. C'est à vous, grand-mère?

— Plus pour longtemps, répondit grand-mère avec un hochement de tête.

— Pourquoi dites-vous ça?

— Parce qu'un jour je disparaîtrai, moi aussi. Alors, ces bijoux seront à vous, Sylvie.

– A moi? s'écria Sylvie en arrondissant les yeux.

– Oui, à vous, ma petite. A vous seule. Il faut que vous le sachiez, dès à présent. D'ailleurs, j'ai fait un testament dans ce sens.

– Qu'est-ce que c'est qu'un testament?

– C'est un écrit par lequel une personne indique à qui doivent aller les biens qu'elle laissera en mourant. Tout ce que vous voyez ici, Sylvie, vient de notre famille et tout doit y rester. Ce brillant a appartenu à ma grand-mère, qui l'a transmis à ma mère, qui me l'a transmis à moi. Cette bague, avec la grosse émeraude, est ma bague de fiançailles. Ce collier était la propriété d'une vieille cousine de votre père qui me l'a légué à sa mort.

– Et le paon qui fait la roue?

– C'est un joyau très ancien, qui a été offert à votre grand-tante Aglaé par son mari, au retour d'un voyage à Vienne. J'attache surtout une valeur sentimentale à ces bijoux. Il faut me promettre de ne jamais vous en séparer.

– Je vous le promets, grand-mère. Mais pourquoi vous ne les portez pas?

– Je les ai portés autrefois, dit grand-mère d'une voix lointaine. Maintenant... Le deuil et la parure ne vont pas ensemble, Sylvie. J'ai renoncé aux bijoux depuis la mort de mon fils.

– C'est dommage de les cacher comme ça!

– Ici, ils sont en sécurité. C'est l'essentiel. Le moment venu, ils reverront le jour. Grâce à vous.

– Je ne peux pas les prendre ce soir, dans ma chambre?

– Pour quoi faire?

– Pour m'amuser.

– Ce ne sont pas des jouets, Sylvie, dit grand-mère sévèrement. Vous savez que, depuis le décès de votre grand-père, je suis votre subrogée tutrice.

– Ça veut dire quoi?

– Cela veut dire que j'assiste votre mère dans ses fonctions de tutrice. Oui, quand votre père est mort, le conseil de famille a nommé votre grand-père subrogé tuteur, votre mère étant tutrice. A la mort de votre grand-père, je l'ai remplacé dans son rôle, vous comprenez?

Sylvie ne comprenait rien, et d'ailleurs ces histoires de tutrice et de subrogée tutrice ne l'intéressaient pas. Elle regardait les bijoux avec une convoitise émerveillée. Etait-il possible qu'un jour elle fût habillée de leur scintillement? Elle eût voulu s'en harnacher dès maintenant et se contempler dans la glace. Mais, déjà, grand-mère refermait les écrins et les replaçait dans le coffre. D'autres écrins, beaucoup plus grands, étaient empilés sur les deux rayons du bas.

– Ça aussi, ce sont des bijoux? demanda Sylvie.

– Non, dit grand-mère, c'est notre argenterie de famille.

Elle ouvrit l'une de ces boîtes, gainée de cuir rouge, et Sylvie reconnut les couverts dont on se servait les jours où il y avait des invités à table. Des fourchettes étaient couchées là, côte à côte, chacune dans son alvéole. Grand-mère souleva le plateau et découvrit, au-dessous, le dortoir des cuillers à soupe, blotties, elles aussi, l'une contre l'autre, les creux épousant les bosses. Un étage plus bas, c'était l'enclos des cuillers à dessert. Puis venaient les cuillers à thé, les petites fourchettes... Tout brillait dans un alignement irréprochable, avec les mêmes initiales entrelacées sur le manche.

– Cela également vous reviendra, dit grand-mère. Je vous demande d'en prendre un soin particulier. Lorsque vous aurez atteint l'âge de recevoir des invités et que vous verrez ces couverts disposés sur votre table, vous penserez à moi qui ne serai plus là.

– Et où serez-vous?

– Là-haut, mon enfant, entre votre père et votre grand-père.

Sylvie se mit à pleurer. Grand-mère la gronda doucement :

– Il ne faut pas être triste. Nous ne faisons que passer sur terre. L'important, c'est ce qui arrive après...

Elle rangea les derniers écrins, referma le coffre-fort et, suprême marque d'estime, fit agenouiller l'enfant sur le prie-Dieu pour réciter, séance tenante, son oraison du soir. Elle-même pria debout, mains jointes, tête fléchie, à côté de la fillette. Sylvie s'efforçait de mettre le plus de ferveur possible dans les paroles sacrées. Mais son esprit était plein de l'étincellement multiple et précis des bijoux.

En se couchant, elle y pensait encore. Elle fit un rêve étrange, D'abord, elle se vit en princesse, couverte de pierreries, avec un diadème dans les cheveux. La table était servie dans un cimetière. On mangeait de la mousse au chocolat à l'aide de petites cuillers en argent. Puis, il y avait un orage. Les fillettes se dispersaient avec des cris aigus, entre les tombes. Des éclairs en zigzag déchiraient le ciel. L'averse noyait la nappe, submergeait les assiettes. Grand-mère apparaissait sous un parapluie, ramassait l'argenterie et la fourrait dans sa robe, relevée en poche sur le devant. L'air furieux, elle comptait les couverts, au fur et à mesure. Soudain, elle pointait le doigt sur Sylvie, son œil flamboyait comme une lampe qui s'allume et elle criait :

— Il manque deux petites cuillers!

Sylvie s'éveilla, en sueur, la poitrine contractée par l'épouvante. Dressée dans son lit, elle se répéta que, fort heureusement, ni ces bijoux ni cette argenterie ne lui appartenaient encore. Cette idée la calma. Au bout d'un assez long temps, elle ferma les yeux avec la certitude réconfortante de ne posséder rien d'autre sur terre que ses jouets et Toby.

## 15

La niche était vide. Tournée vers Ernestine, qui l'avait ramenée de l'école, Sylvie demanda :

– Où est-il?

Au lieu de répondre, Ernestine secoua mollement les épaules. Elle avait un air si embarrassé que Sylvie, inquiète, répéta sa question :

– Où est Toby?

– Votre grand-mère l'a donné, dit Ernestine.

Le cerveau stupéfié, les jambes faibles, Sylvie murmura :

– Donné? Donné mon Toby? Mais à qui?

– A M. Castagnat. Il avait vu souvent Toby à la chasse, avec votre grand-père. Il en a parlé à votre grand-mère. Elle a dit oui. Il l'a emmené cet après-midi.

– Où ça?

– Chez lui. A Espaly.

Suffoquée par le chagrin, Sylvie pivota sur ses talons, passa en courant devant le bureau vitré et gravit l'escalier aux marches craquantes. Elle appelait :

– Grand-mère! Grand-mère!

A l'étage des chambres, tout était silencieux.

Ernestine, ayant rejoint Sylvie, lui dit d'une voix essoufflée :

– Qu'est-ce que vous lui voulez à votre grand-mère? Elle est allée voir l'abbé Péricoul.

Sylvie frappa le plancher avec son talon et porta les deux poings devant son visage. Elle trépignait et elle manquait d'air. Sa bouche s'ouvrait et se refermait sans proférer un son.

– Elle n'avait pas le droit de donner Toby! cria-t-elle enfin entre deux hoquets. C'était le chien de grand-père, de papa, de maman, c'était mon chien à moi, pas le sien!

– Vous n'allez pas vous mettre dans des états pareils pour une bête! dit Ernestine.

Et, avec un coin de son tablier, elle tenta d'essuyer le visage de l'enfant, mouillé de larmes. Sylvie la repoussa :

– Toby, c'était tout pour moi! Tout! Tout!

La colère et le désespoir l'emplissaient d'un tel tumulte qu'elle croyait que sa tête allait éclater. La disparition de Toby, c'était un deuil de plus dans la maison. Soudain, plantant là Ernestine, Sylvie dévala l'escalier.

– Hé, hé! où allez-vous? hurla la bonne.

Pas de réponse. Une fois dans la rue, Sylvie se mit à courir. En l'absence de grand-mère, une seule personne pouvait la renseigner sur Toby : tante Madeleine. C'était elle qu'il fallait voir, au plus tôt. A cette heure-ci, elle devait être chez elle. Le trajet fut couvert au galop. Alertée par six coups de sonnette précipités, tante Madeleine ouvrit la porte et s'étonna :

– Eh bien, eh bien! que se passe-t-il? Tu es venue seule?

169

Dédaignant de répondre, Sylvie s'écria :

– C'est vrai que grand-mère a donné Toby?

– Oui, dit tante Madeleine en embrassant la fillette.

Sylvie se dégagea avec brusquerie en remuant les coudes :

– Pourquoi elle l'a donné?

Le vieux visage de tante Madeleine, à la lèvre longue, aux yeux globuleux derrière les verres, prit un air de compassion. Elle ressemblait à un mouton qui aurait eu un lorgnon sur le nez.

– Il le fallait, dit-elle. Ce chien était malheureux, à l'attache, dans la cour. Il n'allait plus jamais à la chasse. Ni même en promenade. Il aboyait tout le temps. Les nouveaux propriétaires se plaignaient. Tu sais, il sera très bien à Espaly, chez les Castagnat. Ce monsieur était un ami de ton grand-père. Ils chassaient toujours ensemble. Il a déjà deux chiens. Cela fera des amis pour Toby. Et puis, là-bas, il pourra gambader à son aise. La ferme des Castagnat est immense, avec une grande cour, des terres à perte de vue...

Ces paroles apaisantes glissaient sur Sylvie sans atténuer sa souffrance. Tante Madeleine conduisit la fillette dans le petit salon, l'assit en face d'elle et dit encore :

– Si toi tu es triste, lui, il est heureux!

– Il ne peut pas être heureux sans moi, bredouilla Sylvie, une bouillie de larmes dans la bouche.

– Mais si, ma chérie. Après tout, Toby n'est qu'un chien.

– Ce n'est pas un chien! glapit Sylvie. C'est

mon ami! Mon meilleur ami! Il doit pleurer en ce moment! -

— En ce moment, il mange sa soupe. Ou bien il s'amuse avec ses nouveaux compagnons.

— Vous croyez?

— J'en suis sûre. -

— Quand maman saura que grand-mère a donné Toby, elle sera furieuse!

— Et moi, je t'affirme qu'elle comprendra. Elle aime trop les bêtes pour ne pas approuver cette solution.

— Grand-mère, elle, n'aime pas les bêtes.

— Elle ne les aime pas comme toi et ta mère. Mais elle ne leur ferait pas de mal. La preuve...

Sylvie secoua la tête. Pour elle, en cette minute, l'humanité se divisait en deux catégories : les gens qui aiment les bêtes et ceux qui ne les aiment pas. Et grand-mère, incontestablement, appartenait au second groupe.

Subitement, une lueur d'espoir la traversa.

— Et si on faisait revenir Toby? dit-elle.

— Non, Sylvie. Quand on a donné quelque chose, on ne peut pas le reprendre.

— Je ne le verrai plus jamais?

— Un jour, nous irons ensemble lui rendre visite.

— Quand?

— Plus tard, lorsqu'il se sera tout à fait habitué à sa nouvelle existence.

— Mais moi, je ne pourrai pas vivre sans lui! gémit Sylvie.

Elle réfléchit une seconde et ajouta :

— C'est drôle, tout le monde s'en va...

Tante Madeleine lui prit le menton entre deux

doigts, plongea dans ses yeux un doux regard de myope et dit :

— Comme tu ressembles à ton père, au même âge! Tu es aussi excessive, aussi volumineuse que lui! Le moindre événement prend, dans ta tête, des proportions énormes! Laisse Toby à son nouveau destin, à son nouveau bonheur. Pense un peu à toi, à tes études... Cela ne marche pas fort, à l'école. Que se passe-t-il?

— Je ne sais pas, balbutia Sylvie. Je ne peux plus apprendre. Je suis malheureuse...

Et, bondissant de sa chaise, elle s'abattit, en larmes, contre la poitrine de tante Madeleine. Elle ne savait plus au juste sur quoi elle pleurait : sur la mort de grand-père, de papa, sur ses mauvaises notes en classe, sur le départ de Toby, sur l'occupation du bureau par des étrangers. Tous ces malheurs, mystérieusement liés les uns aux autres, formaient une énorme pelote de laine noire qui encombrait son cœur. Tante Madeleine la berçait d'un lent mouvement, et cette tendresse, loin de consoler l'enfant, la confirmait dans l'idée qu'elle était à plaindre.

— Je voudrais voir maman, soupira-t-elle en reniflant fort pour dégager son nez.

— Elle reviendra bientôt, dit tante Madeleine. Les grandes vacances ne sont plus très loin. Tiens, nous allons lui écrire, toutes les deux!

— Non. Montrez-moi encore l'album de photos.

Tante Madeleine alla chercher l'album et l'ouvrit sur la table, après avoir repoussé quelques bibelots pour faire de la place. Sylvie se pencha sur ces images cent fois vues et cent fois commentées. Maintenant, il y avait un mort de plus parmi les visages souriants qui défilaient devant elle. Dimanche dernier, elle était allée comme d'habitude au cimetière, avec grand-mère et tante Madeleine, et, sur le livre de pierre qui ornait la tombe, elle avait pu lire, fraîchement gravé, le dernier nom : « Hippolyte, Lucien, Just Lesoyeux ». Elle tournait lentement les pages de l'album. Tante Madeleine avait posé une main sur son épaule. Une pendule tictaquait sur la cheminée. Le calme de la pièce était si profond que Sylvie croyait s'enfoncer dans une eau dormante.

La sonnette de la porte d'entrée la tira de son engourdissement. Tante Madeleine alla ouvrir et revint avec grand-mère, qui avait un visage bouleversé sous son chapeau noir à larges bords.

– Dieu soit loué ! s'écria grand-mère. Vous êtes là, Sylvie !

## 16

Bravant la lourde chaleur de juillet, grand-mère et tante Madeleine étaient sorties, après le déjeuner, pour faire des courses. Dans toutes les chambres, les persiennes avaient été tirées à demi et les fenêtres ouvertes, pour établir un courant d'air. En dépit de cette précaution, pas un souffle ne traversait la maison somnolente. Simplement, on entendait davantage le bruit de la ville. La cuisine était encore la pièce la plus fraîche. Sylvie y rejoignit Angèle qui triait des lentilles. Elle l'aida. C'était un jeu. Assise devant un plat de graines vertes, elle les étalait du doigt, les inspectait et en extrayait les menus graviers qu'elle jetait ensuite dans un bol. Elle tapota l'épaule d'Angèle pour attirer son attention et dit, en élevant le ton et en articulant avec force :

— Vous avez vu celui-là, de caillou?

— Ah! oui, il est gros! dit Angèle de sa voix cassée de sourde. Un vrai rocher!

— Encore un! Regardez! Regardez!

— Oui, Sylvie.

— On aurait pu se casser une dent dessus, si je l'avais laissé!

– Oui! Oui!

La vieille Angèle hochait la tête et souriait d'un air un peu ahuri, pendant que ses doigts craquelés séparaient les légumes secs. Sylvie se sentait bien auprès de la cuisinière. D'ailleurs, depuis deux jours, tout l'amusait dans la vie. Plus de leçons, plus de devoirs, plus de mauvaises notes : les grandes vacances (enfin!) ouvraient devant elle leur champ de lumière. Maman devait arriver demain pour l'emmener à Paris et, de là, chez des amis, en Normandie, à Honfleur. Elle avait écrit à grand-mère pour le lui annoncer. Grand-mère, après la lecture de cette lettre, avait paru contrariée. Elle n'aimait pas l'imprévu. La seule idée de se séparer de sa petite-fille pendant quelques semaines la mettait de mauvaise humeur. Sylvie, en revanche, exultait. Elle n'avait jamais vu la mer. Maman lui avait bien dit qu'ils étaient allés en Bretagne, avec papa, quand elle avait trois ans, elle n'en avait gardé aucun souvenir. Penchée sur les lentilles, elle essayait d'imaginer l'immensité des flots déferlant à ses pieds. Un vertige de bonheur la prenait au bord du plat. Il y avait eu, hier, une autre bonne nouvelle : en traversant la place du Breuil avec Ernestine, elle avait vu M. Castagnat qui tenait Toby en laisse. Un Toby propre, alerte et fier, comme il ne l'avait jamais été. Il avait fait des bonds d'allégresse devant elle, puis était revenu sagement dans les jambes de son nouveau maître. Tante Madeleine avait raison : évidemment, il était heureux de son changement d'état. Maintenant, Sylvie savait qu'elle n'avait plus de chien. Mais, puisqu'il paraissait content, elle n'avait pas le droit de se plaindre. On s'était séparé aussi de la vache, Blanchette, parce que les nouveaux propriétaires de la maison de commerce voulaient récupérer le local qui servait d'étable. Un marchand en blouse bleue, avec de hautes bottes, était venu la chercher. Il avait donné de l'argent à grand-mère. La vache était partie de son pas lent, le pis balancé, la croupe indifférente. Depuis, Sylvie ne buvait plus de lait cru. C'était déjà une bonne chose. A Honfleur, avec maman, elle ferait de longues promenades. Elle monterait sur des bateaux. Elle apprendrait à nager. Elle le dit à Angèle en remuant les bras devant sa poitrine, comme si elle tirait des brasses dans l'eau.

— Je vais nager! nager! cria-t-elle.

Angèle mit une main en cornet devant son oreille, puis comprit, sourit largement de sa bouche édentée et bafouilla :

— Oh! oui, vous allez bien vous amuser, là-bas! Mais il faudra être prudente. Il n'y a rien de traître comme l'eau!

Ernestine, qui s'affairait quelque part dans la maison, rentra dans la cuisine, porta une bouilloire sur le feu et prépara le plateau pour le thé de ces dames quand elles reviendraient de la ville. Une inspiration visita Sylvie. Elle ne savait pas au juste où se trouvait Honfleur. Pourquoi ne pas regarder dans son livre de classe, qui contenait précisément une carte en couleurs de la France? Elle monta en courant dans sa chambre, ouvrit le livre et s'affola devant cette fourmilière de noms en petits caractères qui recouvrait la surface rose, jaune et verte du pays. Le nez sur la page, elle chercha, vers le haut, tout au bord de la mer bleue, là où c'était écrit : Normandie. Peine perdue. Par la porte ouverte, elle entendit grand-mère et tante Madeleine qui rentraient. Absorbée, elle ne bougea pas. Son doigt glissait sur le profil déchiqueté des côtes. Au-dessous du Havre, ce minuscule point noir : Honfleur. Ravie de sa découverte, Sylvie emporta le livre au salon. Dans la pénombre des persiennes entrebâillées, grand-mère et tante Madeleine prenaient le thé. Sylvie les embrassa et dit, en pointant son index sur la carte :

— J'ai trouvé! C'est ici!

— En effet, dit grand-mère.

— Est-ce qu'il y a des coquillages sur la plage, à Honfleur?

— Je le suppose.

— Alors, j'en ramasserai plein et je rapporterai les plus beaux pour vous!

— C'est une délicate pensée, mon enfant, dit grand-mère, mais vous ne reviendrez pas ici après vos vacances d'été.

Elle avait son visage opaque des jours d'offense.

Stupéfaite, Sylvie balbutia :

— Et où irai-je?

— Vous vous installerez à Paris, avec votre mère.

Une houle de joie souleva Sylvie :

— Oh! grand-mère! Est-ce que c'est sûr?

— Tout à fait sûr. Votre mère me l'a appris dans sa dernière lettre. Cette fois, elle a bien l'intention de vous garder. Vous serez, paraît-il, pensionnaire dans une institution religieuse. J'espère que vous travaillerez mieux qu'ici!

Grand-mère parlait lentement, d'une voix monocorde, en tournant sa cuiller dans sa tasse. Tante Madeleine intervint sur un ton conciliant :

– Le pensionnat sera une excellente chose pour notre petite Sylvie. Elle a besoin de discipline. Il est temps qu'elle se ressaisisse.

– Oui, dit grand-mère. De toute façon, sa mère est trop prise pour s'occuper d'elle.

Des gouttes de sueur perlaient à ses tempes. Elle but une gorgée de thé et s'éventa avec une serviette en dentelle du Puy. Au sommet de l'excitation, Sylvie ne put retenir un cri :

– Comme je suis heureuse!

Et elle se mordit les lèvres. Elle se rendait compte, obscurément, que son exaltation blessait grand-mère. Mais elle ne pouvait feindre la tristesse, alors que son sang bouillonnait à la perspective d'une vie nouvelle. Pour atténuer le chagrin de grand-mère, elle murmura :

– Mais... mais je viendrai vous voir souvent, n'est-ce pas?

– Paris est loin, dit grand-mère. Vous viendrez quand votre mère le jugera possible. Pour les vacances, sans doute...

– Oui, oui, c'est ça!... Pour les vacances, dit Sylvie.

Il faisait très chaud. Dehors, quelqu'un frappait avec un marteau sur une tôle. Dans l'ombre confinée du salon, le visage de grand-mère était sans couleur, comme sur une photographie. Elle respirait péniblement. Ses lunettes avaient glissé sur son nez. Sylvie l'imagina après son départ, toute seule, entre Ernestine et Angèle, dans la vaste maison silencieuse. Que lui resterait-il, à grand-mère, quand sa petite-fille serait loin? L'église, le cimetière... Et pendant ce temps-là, elle, Sylvie, coulerait des jours tissés d'or à Paris, à côté de maman. Pourquoi ne pouvait-on être heureux tous ensemble? Ivre d'allégresse, barbouillée de pitié, Sylvie saisit la main de grand-mère et la porta à ses lèvres. D'un mouvement brusque, grand-mère lui arracha sa main, se leva et sortit. Demeurée seule avec tante Madeleine, Sylvie dit :

– Grand-mère est triste. Qu'est-ce que je peux faire?

– Rien, dit tante Madeleine. Contente-toi d'être heureuse. Tu ne pouvais rester indéfiniment avec nous. Ton avenir est auprès de ta maman. Grand-mère le sait bien, d'ailleurs.

– Que va-t-elle devenir toute seule?

– Elle n'est pas toute seule. Je suis là.

– Vous viendrez la voir souvent?

– Je viens déjà la voir chaque après-midi, depuis la mort de ton grand-père!

– Pourquoi n'habitez-vous pas avec elle?

– Elle ne le voudrait pas. Et puis, j'ai mes habitudes, mes meubles, mes bibelots, mes souvenirs...

Grand-mère revint, très calme, se rassit et se versa une autre tasse de thé. Mais sa main tremblait. Comme elle était vieille!

– Vous savez, dit Sylvie, quand je serai à Paris, je vous écrirai tous les jours!

Sylvie voulut glisser elle-même la photographie de son père dans la valise. Bien que n'aimant pas cette image plate, elle ne pouvait s'en passer. Il veillerait sur elle, à Paris, distant, indifférent, comme il avait veillé sur elle dans la maison de ses grands-parents. Pour le reste du rangement, elle laissa faire sa mère. Il y avait tant de choses à emporter que le couvercle de la valise fermait à peine. Soudain, maman s'écria :

— Et Casimir, le pauvre, nous allions l'oublier!

Saisissant l'ours en peluche, elle le casa entre des piles de linge. Sylvie le recouvrit avec une serviette et le borda des deux côtés. Il serait à son aise pour voyager.

— Avec tous ces jouets, nous n'arriverons pas à boucler nos bagages, soupira maman. Il faudra que je demande à grand-mère de nous donner, en plus, le petit sac jaune que j'ai laissé ici, la dernière fois.

— Je vais le lui demander tout de suite, dit Sylvie.

— Non, laisse, dit maman. Restons un peu entre nous, toi et moi.

Son visage rayonnait de gaieté et d'entrain. Elle portait une robe imprimée, à fleurs grises, blanches et bleues, très serrée à la taille. Une vraie parure de papillon dans le soleil du matin. En la regardant aller et venir dans sa chambre, Sylvie ne pouvait croire que désormais ce spectacle formerait l'un des aspects quotidiens de sa vie, que la lumière, la voix, l'odeur de maman l'envelopperaient de l'aube au soir durant tous les jours à venir. Il est vrai qu'à partir d'octobre elle serait pensionnaire. Cette circonstance, brusquement, l'inquiéta.

– Si je suis pensionnaire, je ne te verrai pas plus qu'au Puy, dit-elle.

– La pension que j'ai choisie se trouve à Paris même, dit maman. Je te prendrai auprès de moi pour toutes les fins de semaine.

Sylvie se laissa envahir par la douceur de cette promesse.

– Ah! oui, s'exclama-t-elle avec élan, nous allons vivre ensemble, toutes les deux!

Maman s'assit au bord du lit, prit les mains de sa fille et l'attira contre ses genoux. Son regard plongea profondément, gravement dans les yeux de Sylvie.

– Nous serons trois, dit-elle.

– Pourquoi?

– Tu vas avoir un nouveau papa.

D'abord interloquée, Sylvie médita une seconde et murmura :

– Comment ça? Ce sera une autre espèce de tuteur, à la place de grand-père?

– Non, Viou, je vais me remarier.

La nouvelle tomba sur Sylvie comme un morceau du plafond. Etourdie, elle ne savait plus où elle en était. Le dépit combattait en elle la curiosité, le chagrin le disputait au goût de l'aventure.

– Et grand-mère le sait? dit-elle.

– Bien sûr!

– Pourquoi ne m'a-t-elle rien dit?

– Parce que je lui ai demandé de ne pas le faire. Je voulais te l'annoncer moi-même.

– Et mon papa, alors? Tu l'as oublié, toi aussi?

Des larmes brillèrent dans les yeux de maman. Elle dit d'une voix sourde :

– Je n'ai pas oublié ton papa, Viou. Et je ne l'oublierai jamais. Quoi qu'il arrive!

Sylvie embrassa maman et sentit sous ses lèvres un goût de sel et de maquillage. Maman pleurait. Par sa faute. Elle marmonna...

– Je t'ai fait de la peine. Pardon...

En même temps, elle lui caressait le visage, du bout des doigts, légèrement, pour essuyer la trace des larmes. Puis, subitement illuminée, elle demanda :

– Tu vas t'habiller en blanc pour le mariage? Avec un voile blanc, des gants blancs?...

Maman rit avec une tristesse contrôlée en secouant la tête :

– Non, Viou.

– Tu serais belle, pourtant!

– Je serais ridicule! Et puis je ne le peux pas. C'est quand on se marie pour la première fois qu'on s'habille en blanc.

– Mais tu as le droit de te remarier?

– Oui.

– Parce que tu es veuve de guerre?

– Parce que je suis veuve, tout simplement.

– J'ai une amie, en classe, dont la maman s'est remariée.

– Eh bien, tu vois!...

Les idées de Sylvie tourbillonnaient, se cognaient, s'éclipsaient l'une l'autre. La nouveauté de l'événement la désemparait. Elle s'aperçut qu'elle ne savait même pas le nom de l'homme que sa maman allait épouser.

– C'est qui, ce monsieur? demanda-t-elle.

– Le professeur Borderaz.

– Celui chez qui tu travailles?

– Oui.

– Il ressemble à papa?

– Il est médecin comme lui.

– Il porte des lunettes?

– Oui.

– Mais autrement..., je veux dire... de visage..., il lui ressemble?

– Pas du tout.

– Alors tu ne l'aimes pas?

– Cela n'a rien à voir, Viou!

Un instant, maman resta silencieuse sous le regard de son enfant. Puis, elle reprit :

– Il est très gentil, très doux. C'est un homme remarquable...

Elle s'animait en parlant. Comme si elle avait eu quelque chose à se faire pardonner. Tout à coup, Sylvie eut l'impression que, des deux, c'était elle et non maman qui était la grande personne. Elle demanda :

– Tu t'appelleras comment, après ton mariage?

– Eh bien, mais... Mme Xavier Borderaz, dit maman,

– Et moi?

– Tu resteras Sylvie Lesoyeux.

– Je ne vais plus porter le même nom que toi? s'écria Sylvie avec épouvante.

– Non, dit maman. Mais cela n'a pas grande importance. L'essentiel est que nous ne nous quittions plus.

Frappée d'hébétude, Sylvie essayait de concevoir l'inconcevable. En changeant de nom, maman l'abandonnait. Elle ne s'en était pas rendu compte au début de la conversation. A présent, toutes ses illusions s'en allaient par lambeaux. Après avoir rêvé d'un perpétuel tête-à-tête de tendresse et d'amusement, elle se retrouvait seule. Plus seule qu'elle ne l'avait jamais été au Puy. A cause d'un étranger, d'un professeur... Que venait-il faire entre elles deux, celui-là? Elle le haïssait soudain sans le connaître. Mme Borderaz! C'était absurde! Non! non! Les larmes l'étouffaient.

— Je ne veux pas le voir, bredouilla-t-elle dans un hoquet.

— Tu le verras, Viou, dit maman d'une voix ferme. Et très bientôt. D'ailleurs, je suis sûre qu'il te plaira!

— Et s'il ne me plaît pas? dit Sylvie.

Maman rit, écarta les bras et dit :

— Alors, je renoncerai à l'épouser.

— Tu ferais ça, maman?

— Mais bien sûr, ma chérie!

Sylvie se rengorgea, bizarrement réconfortée. Un moment, elle eut même l'impression qu'elle tenait entre ses mains l'avenir de maman. Ses sanglots s'apaisaient. Encore toute secouée, elle essayait de réfléchir calmement. Elle suivrait maman à Paris, puisqu'il le fallait. Une fois là-bas, elle trouverait bien quelque moyen d'empêcher le mariage. Le monsieur balayé, oublié, elles vivraient toutes deux heureuses. Elle se jeta dans les bras de maman. Blottie dans cette chaleur familière, elle ne craignait plus personne. Surtout pas le professeur Borderaz. On frappa à la porte. C'était grand-mère. Elle enveloppa d'un regard réprobateur le couple que formaient la mère et l'enfant enlacées. Sans doute devina-t-elle que tout avait été dit en son absence. Raide, les yeux fixes, elle proféra abruptement :

— Je monte au cimetière avec Madeleine. Je ne pense pas, Juliette, que vous souhaitiez nous accompagner...

— Mais si, mère, dit maman. Nous irons toutes les quatre. Comme d'habitude.

Les trépidations du train, qui avaient endormi Sylvie, la réveillèrent brusquement, au cœur de la nuit. A demi couchée sur les genoux de maman, elle ouvrit les yeux. La lueur d'une petite lampe bleue, fixée à la paroi du compartiment, ne parvenait pas à dissiper la pénombre. Dans cet éclairage irréel, les voyageurs, assis côte à côte, avaient des visages de plâtre. Leurs têtes ballaient selon le mouvement du convoi. Tous avaient les paupières closes. On aurait dit une collection de cadavres, ficelés sur la banquette. Une peur atroce poignit Sylvie. Elle leva les yeux sur maman et se rassura un peu. Maman, au-dessus d'elle, respirait paisiblement. Les autres aussi, d'ailleurs. Certains même ronflaient. Sylvie pensa qu'elle allait se rendormir, mais le martèlement des roues lui donnait mal au cœur. Et puis, elle ne pouvait oublier la scène du départ : grand-mère et tante Madeleine sur le quai de la gare, tandis qu'elle agitait la main par la fenêtre du wagon. Grand-mère droite, sèche, la figure comme comprimée entre deux battants de porte, les yeux figés derrière les lunettes, dans une expression de désespoir accepté. A côté d'elle, tante Madeleine, ramollie par les larmes et qui essayait de sourire encore. Pauvres silhouettes noires, promises, loin de Sylvie, à la solitude, au chagrin, au vieillissement. Angèle et Ernestine avaient pleuré, elles aussi, en l'embrassant. Même François, en lui disant adieu, la casquette à la main, avait paru désolé. Elle les regrettait tous, elle les aimait tous. Mais surtout grand-mère. Après s'être si souvent rebellée contre ses réprimandes, elle s'affligeait d'en être aujourd'hui privée. Quelque chose d'amer, de triste lui manquait dans ce train qui l'emportait, en soufflant et sifflant, vers un avenir imprécis. Tout à coup, elle souhaita retourner au Puy, retrouver les journées monotones, sa chambre, son lit, les odeurs de la cuisine, les craquements de l'escalier, ses amies de classe, le cimetière où reposait papa. En arrivant à Paris, elle supplierait maman de la laisser repartir là-bas. Elle lui expliquerait tout. Maman ne pourrait pas refuser. Le wagon tressauta en passant sur un aiguillage. Des lumières fouettèrent, par transparence, le rideau baissé de la fenêtre. La vitesse entrait, en vibrant, dans les os de Sylvie. Elle n'avait rien à faire à Paris, puisque maman allait se marier. Mais non, maman ne se marierait pas. Il suffirait que sa fille s'y opposât fermement. Ne serait-ce que pour contrecarrer ce projet absurde, Sylvie devait rester auprès de sa mère. Un jour prochain, sans doute, elle ferait la connaissance du professeur Borderaz. Dès à présent, elle était résolue à lui opposer un visage de marbre. Il aurait beau lui parler, elle ne desserrerait pas les dents. Ainsi, il comprendrait qu'elle le détestait et qu'il ne devait plus songer au mariage.

Hier, après la visite au cimetière, elle avait répété fièrement à tante Madeleine ce que lui avait dit maman : « S'il ne te plaît pas, je renoncerai à l'épouser. » « Et si c'est toi qui ne lui plais pas, Sylvie? » avait répondu tante Madeleine avec un sourire. En repensant à cette remarque, Sylvie devenait perplexe. Qu'avait voulu dire tante Madeleine? De nouveau, les souvenirs du Puy l'enveloppèrent. Un gros monsieur, en face d'elle, s'éveilla, se frotta le visage du plat de la main et se moucha bruyamment. Vite, Sylvie referma les yeux et prit l'attitude sage du repos. A force de feindre le sommeil, elle se rendormit pour de bon.

La voix de maman, tout contre son oreille, la réveilla :

– Viou, Viou! On arrive!

Sylvie émergea, le cerveau embrumé, les membres endoloris, d'un long cauchemar de battements, de sifflements et de secousses. Il faisait jour. Un courant d'air chaud s'engouffrait par la fenêtre à la vitre baissée. Des gens impatients se pressaient dans le couloir. Le gros monsieur aida maman à descendre du porte-bagages les deux valises et le sac jaune. Des maisonnettes lépreuses défilaient au bord de la voie. Plantées très près l'une de l'autre, elles ressemblaient à des carrés de nougat. C'était ça, Paris? Sylvie avait l'impression de dormir debout. Une envie de tartine et de café au lait lui tirait l'estomac.

Le train ralentissait et pénétrait en chuintant dans la pénombre poussiéreuse d'une verrière. Bousculées, froissées, traînant les valises et le sac,

Sylvie et maman se retrouvèrent sur le quai. Une foule nerveuse les entourait, parmi les coups de sifflet et les appels de haut-parleurs. Un porteur chargea leurs bagages sur un chariot. Elles allaient lui emboîter le pas quand un homme s'avança vers maman et lui baisa la main.

– Oh! tu es venu, dit-elle. Il ne fallait pas!

– J'ai pu m'arranger, dit-il.

L'homme était grand et maigre, avec une étroite figure pâle et des yeux bleus très doux derrière des lunettes cerclées d'écaille. Une révolte s'empara de Sylvie. Elle ne pouvait supporter la présence de cet intrus aux côtés de maman. Sans réfléchir, elle tourna les talons et partit en courant vers l'extrémité du quai. Le passage était si encombré qu'elle se cogna, dès le début, à des voyageurs qui allaient en sens inverse. Elle n'avait pas fait dix enjambées qu'une main vive l'arrêta. Maman l'avait rattrapée. Elle avait un visage de douloureuse surprise. Ses yeux étaient deux miroirs d'eau. Sylvie eût préféré affronter sa colère plutôt que de la voir si triste. L'homme était derrière elle. Lui aussi avait couru. Il tenait un chien en laisse. Sylvie ne l'avait pas remarqué, au premier abord : un joli cocker au poil de soie, roux doré, et aux longues oreilles pendantes. Elle n'aurait jamais imaginé que l'étranger pût avoir un chien. Le cocker, tout égayé par la poursuite, bondit vers elle, se dressa sur ses pattes de derrière et jappa d'allégresse, comme s'il l'eût retrouvée après une interminable absence. Emue, elle lui caressa l'échine, tripota son museau frais et doux. Maman continuait d'observer sa fille avec inquiétude, sans dire un

188

mot, sans bouger. Autour de leur groupe, le quai se vidait lentement. Bientôt, ils furent presque seuls, au milieu de ce trottoir gris, avec le train désert, à côté. Alors, l'homme posa sa main sur la tête de Sylvie dans un geste d'affectueuse protection. Quelle familiarité! Elle voulut reculer d'un pas. Mais une torpeur gagnait ses membres. Le regard de l'étranger, teinté de grave mansuétude, de mélancolie souriante, cherchait ses yeux, descendait en elle jusqu'à la région du cœur. Après un long moment, il demanda :

— As-tu fait bon voyage, Viou?

Elle se raidit et murmura, du bout des lèvres :

— Oui, monsieur.

— Je m'appelle Xavier, dit-il.

Et il lui prit la main.

# Littérature

extrait
du catalogue

*Cette collection est d'abord marquée par sa diversité : classiques, grands romans cotemporains ou même des livres d'auteurs réputés plus difficiles, comme Borges, Soupault. En fait, c'est tout le roman qui est proposé ici, Henri Troyat, Bernard Clavel, Guy des Cars, Frison-Roche, Djian mais aussi des écrivains étrangers tels que Colleen McCullough ou Konsalik.*

*Les classiques tels que Stendhal, Maupassant, Flaubert, Zola, Balzac, etc. sont publiés en texte intégral au prix le plus bas de toute l'édition. Chaque volume est complété par un cahier photos illustrant la biographie de l'auteur.*

1318

Impression Brodard et Taupin
à La Flèche (Sarthe) le 4 octobre 1991
6570E-5 Dépôt légal octobre 1991
ISBN 2-277-21318-7
1er dépôt légal dans la collection : nov. 1982
Imprimé en France
Editions J'ai lu
27, rue Cassette, 75006 Paris
diffusion France et étranger : Flammarion